गुलज़ार एक मशहूर शायर हैं जो फ़िल्में बनाते हैं। गुलज़ार एक अप्रतिम फ़िल्मकार हैं जो कविताएँ, कहानियाँ लिखते हैं।

बिमल राय के सहायक निर्देशक के रूप में शुरू हुए। फ़िल्मों की दुनिया में उनकी कविताई इस तरह चली कि हर कोई गुनगुना उठा। एक 'गुलज़ार-टाइप' बन गया। अनूठे संवाद, अविस्मरणीय पटकथाएँ, आसपास की ज़िन्दगी के लम्हे उठाती मुग्धकारी फ़िल्में। 'परिचय', 'आँधी', 'मौसम, 'किनारा', 'ख़ुशबू', 'नमकीन', 'अंगूर', 'इजाज़त'—हर एक अपने में अलग।

1934 में दीना (अब पाकिस्तान) में जन्मे गुलज़ार ने रिश्ते और राजनीति—दोनों की बराबर परख की। उन्होंने 'माचिस' और 'हू-तू-तू' बनाई, 'सत्या' के लिए लिखा—'गोली मार भेजे में, भेजा शोर करता है...'

कई किताबें लिखीं। 'चौरस रात' और 'रावी पार' में कहानियाँ हैं तो 'गीली मिट्टी' एक उपन्यास। 'कुछ नज़्में', 'साइलेंसेस', 'पुखराज', 'चाँद पुखराज का', 'ऑटम मून', 'त्रिवेणी' वगैरह में कविताएँ हैं। बच्चों के मामले में बेहद गम्भीर। बहुलोकप्रिय गीतों के अलावा ढेरों प्यारी-प्यारी किताबें लिखीं जिनमें कई खंडों वाली 'बोसकी का पंचतंत्र' भी है। 'मेरा कुछ सामान' फ़िल्मी गीतों का पहला संग्रह था, 'छैंया-छैंया' दूसरा। 'खराशें' नाट्य-पुस्तक है, 'मीरा', 'ख़ुशबू', 'आँधी' और अन्य कई फ़िल्मों की पटकथाएँ। 'सनसेट प्वॉइंट', 'विसाल', 'वादा', 'बूढ़े पहाड़ों' पर या 'मरासिम' जैसे अल्बम हैं तो 'फ़िज़ा' और 'फ़िलहाल' भी। यह विकास-यात्रा का नया चरण है।

बाक़ी कामों के साथ-साथ 'मिर्ज़ा ग़ालिब' जैसा प्रामाणिक टी.वी. सीरियल बनाया, कई अलंकरण पाए। सफ़र इसी तरह जारी है। फ़िल्में भी हैं और 'पाजी नज़्मों' का मजमुआ भी आकार ले रहा है। चिट्ठी का पता वही है—बोस्कियाना, पाली हिल, बांद्रा, मुम्बई।

गुलज़ार

कोशिश

मंज़रनामा

राधाकृष्ण पेपरबैक्स

पहला पुस्तकालय संस्करण
राधाकृष्ण प्रकाशन प्राइवेट लिमिटेड द्वारा
2017 में प्रकाशित

राधाकृष्ण पेपरबैक्स में
पहला संस्करण : 2017

राधाकृष्ण पेपरबैक्स : उत्कृष्ट साहित्य के जनसुलभ संस्करण

राधाकृष्ण प्रकाशन प्राइवेट लिमिटेड
7/31, अंसारी मार्ग, दरियागंज
नई दिल्ली-110 002
द्वारा प्रकाशित

शाखाएँ : अशोक राजपथ, साइंस कॉलेज के सामने, पटना-800 006
पहली मंजिल, दरबारी बिल्डिंग, महात्मा गांधी मार्ग, इलाहाबाद-211 001
36 ए, शेक्सपियर सरणी, कोलकाता-700 017

वेबसाइट : www.radhakrishnaprakashan.com
ई-मेल : info@radhakrishnaprakashan.com

यश प्रिंटोग्राफिक्स
सी-37, सेक्टर 58, नोएडा-201301 (उत्तरप्रदेश)
द्वारा मुद्रित

मूल्य : ₹99

KOSHISH
by Gulzar

ISBN : 978-81-8361-836-6

दीबाचा

जो नज़र आता है, उसे मंज़र कहते हैं और मनाज़िर में कही गई कहानी का नाम मंज़रनामा है। अंग्रेज़ी में इसके लिए दो अल्फ़ाज इस्तेमाल होते हैं : एक स्क्रीनप्ले है, दूसरा सिनेरिओ (Scenerio)। दोनों तक़रीबन एक-से हैं लेकिन स्क्रीनप्ले में 'डिज़ॉल्व' और 'कट' और दूसरी तकनीकी हिदायतें भी लिख दी जाती हैं, जो डायरेक्टर की मदद करती हैं। इसमें 'सेट' यानी 'महल वक़ू' और मंज़र का वक़्त भी दर्ज किया जाता है। (यानी मंज़रनामा सुबह, शाम, रात या दोपहर, किस वक़्त का है) ये तफ़सीलात डायरेक्टर के लिए तभी ज़रूरी होती हैं, जब वह स्क्रीनप्ले को फ़िल्माता है, वरना ये तकनीकी हिदायतें पढ़ने में रुकावट पैदा करती हैं। इसलिए आम क़ारी के पढ़ने के लिए सिनेरिओ ही ज़्यादा मौज़ूँ है, ताकि वह उसे एक नॉवल की सूरत बिना किसी रुकावट के पढ़ सके। इसी का नाम मंज़रनामा है।

अदब में मंज़रनामा एक मुकम्मल फ़ॉर्म भी है, जिसकी पहली मिसाल जो मेरी नज़र में गुज़री, वह डी. सैका का मंज़रनामा 'अमरीका अमरीका' था। इस डायरेक्टर ने वह मंज़रनामा पहले लिखा, शाया किया और बाद में इस पर फ़िल्म बनाई। अदब में बहुत-से मुसन्निफ़ हैं जो अपने नॉवल भी तक़रीबन मंज़रनामे की शक्ल में लिखते हैं। शरतचन्द्र के बेशतर नॉवल इस फ़ॉर्म के बहुत क़रीब हैं।

ये मंज़रनामे पेश करने का एक मक़सद क़ारी को इस फ़ॉर्म से मुतारिफ़ करना भी है और दूसरे यह कि टी.वी. और सिनेमा से दिलचस्पी रखनेवाले शायक़ीन यह देख सकें कि नॉवल को किस तरह मंज़रनामे की शक्ल दी जाती है। मेरे लिए यह एतराफ़ करना ज़रूरी है कि मैं मंज़रकशी पर किसी महारत का दावेदार नहीं—कोई

दूसरा डायरेक्टर या मुसन्निफ़, हो सकता है, मुझसे बेहतर मंज़रनामा तख़लीक कर ले!

मंज़रनामा का अन्दाज़े-बयान अमूमन ओरिजिनल कहानी से अलग हो जाता है इसलिए वह अस्ल कहानी या नॉवल या सवानह उमरी का Interpretation बन जाता है, जिसकी मिसाल चन्द मशहूर फिल्मों से दी जा सकती है, जैसे–'अनारकली' और 'मुग़लेआज़म' एक ही ड्रामे को माख़ूज़ किए गए हैं। 'देवदास' जितनी बार बनी, और कई ज़बानों में बनी, उसका मंज़रनामा बदलता रहा। टी.वी. की आमद से मंज़रनामों की ज़रूरत में बहुत इज़ाफ़ा हो गया है। छोटे-छोटे अफ़सानों के मंज़रनामे भी लिखे जाने लगे हैं। अहमद नदीम कासमी, राजिन्दर सिंह बेदी, भीष्म साहनी, मुंशी प्रेमचन्द और दूसरे बेशुमार अदीबों के अफ़सानों पर काम हो रहा है। बहुत-से सीरियल सीधे मंज़रनामों में लिखे जाते हैं। टी.वी. की फिल्मों के लिए चूँकि वक़्त की पाबन्दी (तवालत, Duration) का लिहाज़ रखना पड़ता है, इसलिए मंज़रनामों के लिए अक्सर अदब से लिये गए मशहूर अफ़सानों को कभी मुख़्तसर करना पड़ता है, कभी फैलाव देना पड़ता है।

मुझे उम्मीद है कि मेरी यह कोशिश दूसरों के लिए कारआमद साबित होगी और दूसरों के तजुर्बों से मुझे फ़ायदा होगा–कोई नई राह खुलेगी, कोई नई बात पैदा होगी।

कोशिश

निफ़स सदी गुज़री, 1952 में हिन्दुस्तान का पहला इंटरनेशनल फ़ेस्टेवल मुंअक़िद हुआ। उस फ़ेस्टेवल में एक जापानी फ़िल्म आई थी, 'हैप्पीनेस ऑफ़ अस्स अलोन' जो एक गूँगे-बहरे लड़के और गूँगी-बहरी लड़की की कहानी थी। बहुत से लोगों ने बहुत तरह उस फ़िल्म से मुतासिर होकर और फ़िल्में बनाईं। मेरी कोशिश भी उसी से इंस्पायर्ड थी और मैंने इसे अपनी तरह पेश करने की कोशिश की। ओरिजिनल में ये ख़्याल कि अपाहिज लोगों का समाज नॉर्मल लोगों से अलग है, बड़ा रजअत-पसन्द लगता था। मैंने अपनी फ़िल्म में उसका उलट साबित करने की कोशिश की क्योंकि जिन लोगों को हम नॉर्मल समझते हैं, वो कई तरह से अपाहिज साबित होते हैं : कभी रूहानी तौर पर, कभी इंसानी तौर पर!

जनाब एन.सी. सिप्पी को ख़राजे तेहसीन पेश करता हूँ जिन्होंने बहुत लोगों की मुख़ालफ़त के बावजूद ऐसी फ़िल्म बनाने की हिम्मत की!

—गुलज़ार

[1]

एक छोटे से घर के एक कमरे में तीन-चार लड़के तख़त पर बैठे ताश के पत्तों से जुआ खेल रहे थे। ज़बान भी बहुत हल्की थी।

''बूट डाल बे, बूट...!''

''अबे, तू डाल ना... ये रुपया तो मेरा है।''

''चल बे जग्गू...''

''पत्ते बग़ैर देखे मेरा ब्लाइंड...बीस पैसे...!''

चौथा बोला :

''आठ आने... ब्लाइंड...''

गोपाल ने चाल बढ़ाई।

गोपाल की चाल के साथ, सामने बैठे कानू ने कहा :

"मैं भी सूरदास, आठ आने!"

दो बार सभी ब्लाइंड खेल चुके थे। एक ख़ूबसूरत-सी लड़की कमरे में आई, और कानू के बग़ल में बैठ गई। कानू ने अपने पत्ते उठाए और पारो की तरफ़ बढ़ाए। पारो ने पत्तों को चूम लिया। कानू ख़ुश होकर पत्ते को देखते हुए बोला :7

"आय-हाय, पारोजान, जवाब नहीं!"

पान का इक्का खुला था। कानू ने फिर पत्तों को बढ़ाया पारो के होंठों की तरफ़। पारो ने फिर चूमा। कानू ने फिर पत्ता खोलकर देखा, इस बार पान की बेगम निकली। कानू ख़ुशी से झूम उठा और बोला :

"हाय जानी, क्या बात है! एक और हो जाए पारो जानी!"

पारो ने तीसरी बार पत्ते को चूमा। कानू धीरे-धीरे तीसरे पत्ते को खोलने लगा और तीसरा पत्ता निकला 'हुकुम का इक्का'। पारो ने भी पत्तों को देखा। कानू के मुँह से सिगरेट निकालकर कश लिया और फिर बोली :

"देखता क्या है भुतनी के, चाल चल!"

सब दोस्त हँस पड़े लड़की की ज़बान पर। कानू बोला :

"क्या ज़बान है साली की!"
"भगवान ने ज़बान दी किसलिए है?"
"गाली बकने को दी है?"

"नहीं तो क्या लिफ़ाफ़े पर थूक लगाने को दी है?"

दोस्त यह सुनकर फिर हँस पड़े। कानू ने चाल चली।

"एक चाल रुपए की।"

गोपाल ने कानू की आँखों में आँखें डालकर कहा :

"एक मेरी भी हुई।"
"एक और..."
"अपनी दो रुपए..."

कानू ने कुछ सोचकर फिर से पैसे डाले।

"अपनी दो रुपए...!"
"चार..."
"अबे..."

कानू ने इधर-उधर देखा। पैसे उसके पास थे नहीं। पारो ने गोपाल से कहा :

"नंगा हो जा।"
"शो के पैसे लगते हैं।"

कानू ने पत्तों को देखते हुए कहा :

"दे देंगे।"
"उँहूँ... उधार पे तो नंगा नहीं होते बेटा!"

कानू ने कुछ सोचकर पारो से कहा :

"अय पारो, उधार दे न!"
"क्या...?"
"अरे पैसे...एक पाँच रुपए दे न!"

''पहले पिछला चुकता कर।''

कानू ने हीरा की तरफ़ देखा। हीरा ने कहा :

''अपने पास तो एक रुपया है। लगे तो ले ले।''

कानू ने बेचारगी से कहा :

''अच्छा बेटा, ले जा...''

गोपाल ने पत्ते और पैसे समेट लिये।

''अबे, बता तो दे, है क्या...?''
''दो दहले हैं।''
''धत तेरी तो! अच्छी बात है बेटा, अपना भी नम्बर आएगा। चल हीरा।''

कानू उठकर वहाँ से चला गया। पारो ने पत्ते बाँटने को कहा :

''चल, बाँट बे...''
''माल है?''
''है, बहुत है! मुझे भी क्या कानू समझ रखा है?''

[2]

कानू और हीरा गली में जा रहे थे, और आपस में बातें भी कर रहे थे। कानू ने कहा :

''आजकल बड़ी बैडलक चल रही है यार! न ताश फलती है, न बलेक चलती है। परसों पच्चीस टिकट लिये थे 'लाल बत्ती' के। दो बिके, वो भी धुप्पल में।''

“हूँ!”

हीरा ने भी सिर हिलाया।

“बड़ी मुश्किल से हाथ जोड़कर बाक़ी टिकट वापस दिये विंडो पे।”

कानू ने चलते-चलते पास खड़े ख़ोमचे से चने उठा लिये, और दोनों आगे बढ़ गए। हीरा ने कहा :

“अरे, अपनी भी तो बीस टिकटें थीं, बिक जातीं तो सौ-डेढ़ सौ का फ़ायदा हो जाता।”

“सौ-डेढ़ सौ...?”

“हूँ...”

“अबे फ़िल्म चल जाती तो चार-पाँच सौ का फ़ायदा होता।”

“हाँ...”

“और नहीं चलती तो एक रुपया तक के लाले पड़ जाते हैं। अच्छा, शाम को मिलेंगे।”

“ओके!”

कानू अपने दोस्त को विदा करके अपने घर आया। पास ही उसकी बहन आरती सो रही थी। उसे सोई हुई देखकर कानू उसका संदूक़ ऊपर से उतारने लगा जो ज़मीन पर गिर पड़ा। आवाज़ हुई लेकिन बहन उठी नहीं। कानू ने उस बक्से का ताला तोड़कर अन्दर से पैसों की गुल्लक निकाली। घर से खिसकने ही वाला था कि उसकी माँ आ गई।

“क्यों रे, आज तू इस वक़्त घर पर कैसे आ गया?”

"ऐसे ही।"
"आरती कहाँ है?"
"सो रही है।"
"तेरे हाथ में क्या है?"

कानू एक क़दम पीछे हटकर बोला :

"कुछ नहीं।"
"क्या छुपा रहा है? दिखा...दिखा!"

कानू के हाथ से मिट्टी की गुल्लक गिर पड़ी और टूट गई। पैसे चारों तरफ़ बिखर गए। माँ ने ग़ुस्से से कहा :

"कमीने... शर्म नहीं आती? बहन के पैसे चुरा के ले जाता है?"
"तो क्या हुआ, देता भी तो हूँ!"
"कब दिये थे तूने?"
"दिये नहीं राखी वाले दिन? पाँच रुपए नहीं दिये थे?"

माँ ज़मीन से गुल्लक के पैसे इकट्ठे करने लगी।

"इसीलिए दिये थे? फिर चोरी करने के लिए? बजाय बेटी के, तुझे गूँगा-बहरा बना देता भगवान तो मैं ज़्यादा सुखी होती। तेरे हाथ-पैर क्यों नहीं तोड़ देता भगवान?"
"देखो न, एक को तो ज़बान नहीं दी, और जिसे दी है, रुकती ही नहीं, बोलती चली जा रही है!"

माँ ने उसके पैर पर पैर दे मारा जिसके नीचे उसने एक नोट दबा लिया था।

''चल हट, दफ़ा हो जा यहाँ से...!''

कानू वहाँ से चला गया। माँ आरती को जगाने लगी :

''अय आरती!''

माँ ने आरती को उठाकर बतायाकुछ बोल के, कुछ इशारा करके, जिस तरह गूँगों से बात की जाती है :

''ये ले, सँभाल तेरी पूँजी! वो भाई है न तेरा, ले जा रहा था चुरा के, गुल्लक तोड़ के, वो देख!''

आरती ने भी इशारों में पूछा :

''मेरा बक्सा कहाँ है?''

''बक्सा? वो तो नहीं था उसके पास! यहीं कहीं होगा...ये रहा...!''

माँ ने इशारे से बक्सा दिखाया, जो खुला हुआ पड़ा था। फिर इशारे से कुछ कहते हुए आरती से पूछा :

''तू...वो झुमके, जिसके लिए पैसे जमा करके रखे हैं, वो ले क्यों नहीं आती?''

आरती बड़ी रवानी से अपनी बात इशारों में समझा लेती थी :

''गले का हार भी लेना है मुझे।''

माँ ने समझते हुए पूछा :

''क्यों...?''

''कान के झुमके भी और गले का हार भी।''

''ओह... हार... हार!''

"दीवाली पर लूँगी।"
"दीवाली के दिन...?"

आरती ने समझाया कि भाई ने दीवाली पर और पैसे देने का वादा किया है।

"तेरा भाई?... ज़्यादा पैसे देगा?... दे चुका तुझे पैसे! आ चुका तेरा हार और तेरे झुमके!"

माँ ने जाते-जाते इशारों में बोलते हुए समझाया :

"मैं दूँगी, तू ये जमा करके रख ले।"

आरती ने ताली बजाकर इशारे से माँ को बुलाया :

"हूँ...क्या है?"

आरती ने माँ को पास बैठने का इशारा किया, फिर बड़े दुलार से माँ के गालों को चूम लिया। माँ ने उसके सिर पर हाथ फेरा और रसोई की तरफ़ चल दी। आरती भी रसोई में आ गई और माँ के हाथ से थैला छीन लिया।

"मैं सामान ख़रीदने जाऊँगी।"
"आज तू जाएगी? तू कहाँ सबको समझाती फिरेगी?"
"मैं लिखकर समझा दूँगी।"

माँ ने इशारे से और बोलकर जो-जो लाना था, वह दिखाया और बताया :

"शर्मा को तू लिख के समझा देना। ये सब ले आनानमक, हल्दी, दाल और सब्ज़ियाँ, और ये मिर्च, नींबू भी लाना। ये ले पैसे। ठीक तरह से पैसे वापस ले के आना।"

"हूँ..."

आरती पैसों को आँचल में बाँधते हुए घर से बाहर निकल गई।

[3]

दुकानदार सामान निकालकर लिखी पर्ची के हिसाब से अलग-अलग रखने लगा।

"नमक, दाल, हल्दी...!"

आरती ने शर्मा को हाथ के इशारे से समझाया :

"धोने का साबुन..."
"साबुन वही, जो हमेशा लेकर जाती है...? अरे बंदू, एक लाइफ़ब्वाय लेकर आना तो..."

एक आदमी साइकिल से शर्मा की दुकान के सामने आकर रुका, और दुकान के अन्दर आया। वह भी गूँगा और बहरा था। शर्मा ने कहा :

"आओ, हरी चरन, आओ!"

आरती ने हाथ नचाकर कहा :

"जल्दी करो।"
"हाँ, ला रहा है।"

हरी ने बिल निकालकर शर्मा को दिया, और आरती की तरह हाथ नचाकर कुछ इशारे से कहा :

"जल्दी करो।"

आरती को यह देखकर बुरा लगा कि इस शख़्स ने उसकी नक़ल की। इतने में उसके सामान के साथ लाइफ़ब्वाय रखा देखकर आरती ने फिर इशारा किया :

"कपड़ा धोने वाला साबुन बताया था।"
"कपड़े धोने वाला?"
" 'पाँच सौ एक' बताया था।"
"पाँच सौ एक? अरे पाँच सौ एक लाओ। जल्दी करो। हाँ, भाई, कितने पैसे हुए?"

वह साइकिल के साथ खड़े हरी की तरफ़ मुड़ा। अचानक दुकानदार को महसूस हुआ कि सामने खड़े दोनों ग्राहक गूँगे और बहरे हैं। अपने-आपसे कह पड़ा :

"ओह-हो! एक तो थी, ऊपर से एक और आ गया। छोटे मियाँ तो छोटे मियाँ, बड़े मियाँ सुबहान अल्लाह!"

शर्मा ने इशारे से हरी से बिल माँगा। हरी ने पर्चा उठाकर दुकानदार को दिखाया, दुकानदार फिर मसरूफ़ हो गया। हरी को जल्दी थी। उसने मुँह में उँगली डाल के सीटी बजाकर दुकानदार को बुलाया। शर्मा ने इशारे से मना किया :

"कान में लगती है। मत बजाओ।"

आरती यह देखकर बहुत .ख़ुश हुई और हँसने लगी। आरती ने भी हरी की तरह सीटी बजाने की कोशिश की। यह देखकर शर्मा ने समझाया :

"न बेटी! लड़कियाँ ऐसा नहीं किया करतीं।... ये लो पैसा—ये लो, चार आना।"

[4]

आरती सब्ज़ी की दुकान के पास आई। इससे पहले कि वह कुछ कहती, दुकानदार ने पूछा :

"का चाही?"

आरती ने एक तरफ़ इशारा किया :

"आलू!"

"कितना?"

आरती ने एक वज़न करने वाला बट्टा उठाया और दुकानदार को दिखाया। दुकानदार ने सब्ज़ी तौल कर दी। आरती ने पैसे चुकाए।

"चवन्नी और..."

पास खड़े दो लड़के आरती को घूर रहे थे। जब आरती लड़कों के पास से गुज़री, एक लड़के ने मुँह में उँगली डाल के सीटी बजाई। दो क़दम चलकर आरती ने भी वैसे ही सीटी बजाने की कोशिश की। लड़के ने अपने साथी से कहा :

"अबे गंगू, सीटी बजा रही है!"

गंगू ने राय दी :

"लगता है, चालू है।"
"चल, ठिकाना देखकर आते हैं यार!"
"चल..."

दोनों आरती के पीछे-पीछे चलने लगे। उसके क़रीब आकर एक ने आरती से कहा :

"सुनो! जाना कहाँ है? अरे जवाब तो दो डार्लिंग! थक जाओगी, मैं उठा लूँ थैला?"

गंगू के साथी ने आरती को पीछे से धक्का मार दिया, जिससे उसका झोला गिर पड़ा। लड़कों की हँसी देखकर आरती वहाँ से भागी। सामने से आते हरी की साइकिल से जा टकराई, और इशारे से हरी से कहा :

"वो लड़के मुझे छेड़ रहे हैं, पीछे से धक्का मारकर गए।"
"तुम गूँगी-बहरी हो?"

उसने इशारे से पूछा।
आरती ने सिर 'हाँ' में हिलाया।

"तुम रहती कहाँ हो? तुम्हारा घर कहाँ है?"
"ये गली छोड़कर, अगली गली में मेरा घर है।"
"मैं तुम्हें घर तक पहुँचा देता हूँ।"

हरी ने अपनी गिरी हुई साइकिल उठाई, और दोनों चल दिये। हरी ने उसका झोला अपनी साइकिल पर टाँग लिया। दोनों बदमाश लड़के यह देखकर आपस में कहने लगे :

"हद है यार, गूँगी निकली!"
"सीटी कैसे बजाई थी?"

“चल, छोड़ यार, ख़्वाहमख़्वाह झाँसा दे गई।”

दोनों लौट गए।

[5]

हरी और आरती, दोनों आरती के घर के सामने पहुँचे। हरी ने आरती का झोला उतारते हुए इशारे में कहा :

“मैं जाता हूँ।”
“घर चलिए न!”
“नहीं!”

उसी वक़्त माँ घर की चौखट पर आई तो बाहर दोनों को देखा। आरती ने माँ को देखकर बताया :

“ये मेरी माँ है।”

माँ ने आरती से पूछा :

“कौन है ये? किसको साथ ले आई...?”
“जब मैं आ रही थी...”

माँ ने बोलकर आरती की बात दोहराई :

“रास्ते से आ रही थी तो क्या हुआ...?”
“दो गुंडों ने आकर मुझे पीछे से धक्का दिया।”
“दो गुंडे?”
“हाँ, धक्का मारा।”
“धक्का मारा और...”

''मैं वहाँ से भागी और इनकी साइकिल से जा टकराई।''

माँ ने हरी की तरफ़ देखा तो हरी ने इशारे से नमस्ते की। आरती ने फिर दोहराया :

''इनकी साइकिल से जा टकराई।''
''टकरा गई, तो चोट-वोट तो नहीं आई?''
''नहीं, चोट नहीं आई। इन्होंने सब्ज़ियाँ उठा लीं जो गिर गई थीं।''
''सब्ज़ियाँ उठा लीं?''
''वो दो गुंडे...'' कहते हुए हँसने लगी।
''वो दो गुंडे! बोल, क्या हुआ? हँस क्यों रही है?''
''इनको देखकर भाग गए।''
''इनको देखकर भाग गए? अच्छा, बेटा, अन्दर आओ।''

आरती ने अपने हाथ का झोला माँ को दिया और अन्दर आकर हरी को बैठने का इशारा किया। माँ ने कहा :

''आओ बेटा, बैठो! भगवान तुम्हारा बहुत-बहुत भला करे, तुम्हें बड़ी उम्र दे। यह गूँगी है, बहरी है। बेचारी करे भी क्या? चिल्ला भी नहीं सकती। किसी को बुला भी नहीं सकती। एक भाई है इसका, वो भी न होने जैसा। ऐसा निकम्मा है कि बस...!''

बातें करते हुए माँ को एहसास हुआ कि जैसे हरी उसकी बातें नहीं सुन पाया। फिर माँ ने पूछा :

''बेटा, तुम्हारा नाम क्या है?''

हरी ने मुस्कुराते हुए माँ की तरफ़ देखा और माँ ने घबराते हुए इशारे में पूछा :

"तुम बोल नहीं सकते?"
"मैं बोल-सुन नहीं सकता, आपकी बेटी की तरह।"

इशारे से वह कहता है।
माँ के मुँह से एक ठंडी साँस निकली।

"हे भगवान! कैसे बेबस मिला दिये तूने! बे-ज़बान बेचारे! बोलने-सुनने वाले क्यों नहीं पहचानते एक दूसरे को?"

माँ के होंठ हिलते देखकर हरी ने पूछा :

"क्या...?"

उसी वक़्त सामने से आरती चाय लेकर आ गई। और माँ आरती को बताने लगी :

"तुझे मालूम है, ये तेरी तरह बोल-सुन नहीं सकता?"
"क्या...?"

आरती हैरत से हरी को देखने लगी।

"हूँ..."

हरी ने खड़े होकर आरती के हाथ से चाय ले ली और अपनी जगह पर बैठकर चाय पीने लगा। दोनों एक दूसरे को हमदर्दी से देखने लगे। आरती को यक़ीन ही नहीं हो रहा था कि हरी गूँगा-बहरा है।

[6]

हरी साइकिल के पास खड़ा पेपर पढ़ रहा था, और पास ही बैठे दुकानदार और दुकान में काम करने वाले आपस में हरी के बारे में

बातें कर रहे थे। दुकानदार ने अपने असिस्टेंट से पूछा :

"कुन्दन को कितना दिया...?"
"कुन्दन को चालीस दिया।"
"और हरी को...?"
"हरी को सौ दिया।"
"अरे हरी, गया नहीं अभी तक?"
"हेडलाइन पढ़े बिना थोड़े जाएगा!"
"हुँ... हेडलाइन तो ऐसे पढ़ता है, जैसे पसन्द नहीं आई तो अख़बार ही नहीं बेचेगा!"

हरी वहाँ से पेपर बेचने निकला और दुकानदार फिर आपस में बातें करने लगे :

"ये हरी बेचारे को देख लो। इसको तकलीफ़ ये है कि कोई भाषा नहीं बोल सकता, और हमको तकलीफ़ ये है कि इतनी सारी भाषाएँ हैं, हम बोलें तो कौन-सी बोलें!"

[7]

हरी अपनी साइकिल पर आरती के घर पहुँचा। उसने साइकिल स्टैंड पर लगाई, और साइकिल से कुछ पेपर निकालते हुए आरती के दरवाज़े पर आया। घर के पास पेड़ के नीचे बैठा कानू झल्लाते हुए अपने साथी से कह रहा था :

"पुलिस वाले परेशान करते हैं साले!"

अपने घर की तरफ़ हरी को जाते हुए देख कानू ने आवाज़ दी :

"हे मिस्टर! अबे... ओए, अन्दर कहाँ घुसा चला जा रहा है?"

हरी ने ताली बजाकर किसी को बुलाने की कोशिश की। कानू उठकर हरी के पास आ गया।

"अबे सुनता नहीं साले, किसे ढूँढ़ रहा है?"

कानू ने उसे कन्धे से अपनी तरफ़ मोड़ा। उसी वक़्त माँ दरवाज़े पर आई।

"कानू, क्या कर रहा है?... छोड़ उसे! आओ बेटा, अन्दर आओ!"

और फिर मुड़ के बोली :

"तुझे शर्म नहीं आती? घर में कोई आता है तो इस तरह बात करते हैं?"
"अरे तो सुनता क्यों नहीं? घर में घुसता चला जा रहा है।"
"सुने कैसे, बेचारा बहरा है।"
"क्या...?"

कानू ने हरी की तरफ़ देखा और हरी ने सहमकर नमस्ते की।

"सुन-बोल नहीं सकतातेरी बहन की तरह!"
"तो यहाँ क्या करने आया है?"
"आरती से मिलने आया है।"
"क्यों? गूँगों की यूनियन बना रहा है?"
"हाय...हाय..."

कानू यह कहकर हँसने लगा और कानू को देखकर हरी भी मुस्कुरा दिया। फिर माँ बोली :

''और करें भी क्या ये लोग?... सुनने-बोलने वालों को तो अपनी ही बातों से फ़ुर्सत नहीं। इनकी चुप कौन समझे, कौन सुनेगा? चल बेटा...!''

माँ हरी को लेकर अन्दर चली गई। कानू बाहर की तरफ़। हरी को लिफ़ाफ़े में से कुछ निकालते देखकर माँ ने पूछा :

''ये क्या है बेटा?''

हरी ने इशारे से कहा :

''छोटे बच्चों के लिए पढ़ाई-लिखाई...!''

माँ को ठीक से समझ में न आया, फिर पूछा :

''पढ़ना-लिखना क्या...?''
''छोटे बच्चों के पढ़ने-लिखने वाला स्कूल...!''
''बच्चों के लिए...?''
''गूँगों और बहरों का स्कूल।''
''गूँगों-बहरों का स्कूल...?''
''हाँ...!''

हरी ने माँ को पेपर दिखाते हुए कहा :

''आपकी बेटी आरती...''
''आरती...?''
''आरती के लिए स्कूल!''
''हाँ... हाँ... हाँ!''
''मैं भी वहाँ पढ़ने जाता था।''
''तुम भी जाते थे उसमें?...अच्छा-अच्छा, पढ़ने के लिए...मगर पैसे, फ़ीस कितनी लगती है...?''

''नहीं, फ़ीस नहीं लगती।''

''मुफ़त...मुफ़त...?''

हरी ने जेब से एक और पम्फ़लेट निकाला जिस पर जवाहरलाल नेहरू की तस्वीर छपी थी। ऊपर स्कूल का नाम भी छपा था। फ़ोटू पर हाथ रखकर बताया :

''पंडित जी फ़ीस देंगे।''

''पंडित जी पैसे देंगे? लेकिन ये तो मेरी बेटी को जानते नहीं!''

''सरकारी है।''

''अच्छा, तुम्हारा मतलब है, सरकारी है? सरकार पैसे देगी?''

''हूँ...''

''बेटे, तुम्हारा नाम क्या है?''

''क्या...''

''नाम, नाम...''

''आ...ह...ह...''

हरी अपनी जेब से क़लम निकालकर काग़ज़ पर अपना नाम लिखने ही जा रहा था कि उसकी नज़र सामने पड़ी हरी मिर्च पर पड़ी। उसने मिर्च को उठा के माँ के पाँव पर रख दिया। माँ ने कुछ न समझकर अपना पाँव हटा लिया।

''ये क्या है?''

''मेरा नाम है!''

''हरी मिर्च, हरी...?''

''ये मेरा नाम है।''

उसने अपना नाम बताने की कोशिश की।

"मैं समझी नहीं?"
"रुको..."

हरी ने काग़ज़ पर लिखकर अपना नाम माँ को दिखाया।

"ओह, हरी चरन!"
"ये मेरा नाम है।"

दोनों हँस पड़े। माँ ने पूरा नाम पढ़ा :

"हरी चरन माथुर!"
"आपकी बेटी का क्या नाम है?"
"मेरी बेटी का नाम? हाँ-हाँ, दिखाती हूँ।"

माँ ने इशारे से आरती दिखाई। हरी ने लिखकर बताया :

"हाँ, आरती! बड़े होशियार हो..."

उसी वक़्त सामने के दरवाज़े से आरती हाथों में साड़ियाँ लिये हुए दाख़िल हुई, और हरी को नमस्ते की। माँ ने कहा :

"आ गई? साड़ियाँ ले आई? और पैसे भी दे दिये? देख, ये क्या लाया है तेरे लिए!"

आरती गूँगे-बहरे स्कूल का फ़ार्म उठाकर देखने लगी। माँ ने बताया :

"तुझे स्कूल में भरती कराने के लिए ले आया है। देख...!"

हरी ने आरती को इशारे से बताया :

"ये गूँगे-बहरों के लिए पढ़ने वाला स्कूल है।"
"ये पढ़ने वाला स्कूल मेरे लिए है?"

“हाँ...!” हरी ने सिर हिलाया।

“जाएगी स्कूल, हैं? अच्छा, जा, हरी के लिए एक अच्छी-सी चाय ले आ, फिर तुझे समझाऊँगी, जा!”

आरती उठकर चाय बनाने चली गई। हरी आरती को चाय बनाते हुए देख रहा था। आरती स्टोव जला रही थी कि उसका हाथ जल गया। हरी चौंक गया।

[8]

गूँगे-बहरों की स्कूल-टीचर ने सामने बैठी आरती की माँ को समझाते हुए कहा :

“आवाज़ के साथ तो नहीं बोल सकते ये बच्चे लेकिन उँगलियों के इशारे से उसी तरह बात कर सकते हैं, जैसे हम लोग होंठों से बात करते हैं। और ख़ास तौर पर वो बच्चे, जो आरती की तरह कुछ लिखना-पढ़ना पहले से जानते हैं।

“लेकिन समझाने के लिए हमें भी वही उँगलियों की भाषा सीखनी पड़ेगी।

“इसके लिए दो-तीन कोर्स होते हैं। पहला वो, जो दो बेज़ुबान आपस में बोलते हैं। दूसरा वो, जो ये लोग बोलने-सुनने वालों के साथ बातचीत करते हैं। तीसरा है लिप्स रीडिंग यानी कि आप ज़रा आहिस्ता बोलेंगे तो आपके होंठों से ये लोग लफ़्ज़ बना लेते हैं और समझ लेते हैं।”

उसी वक़्त माँ ने दरवाज़े पर खड़े नरेन्द्र और हरी को इशारे से बात करते हुए देखा। टीचर ने बताया :

''देखा आपने, कितनी आसानी से बात करते हैं ये लोग? वो लड़का नरेन्द्र हरी को बता रहा है कि उसने अपनी बीवी को हाथों की ज़ुबान सिखा दी है। और अब वो लोगों के सामने भी आपस की प्राइवेट बातें करते रहते हैं।''

टीचर और माँ हरी और नरेन्द्र को आपस में बात करते हुए देख रही थीं। वे दोनों आपस में बात करते हुए हँसने लगे। माँ ने पूछा :

''क्या हुआ?''

''कुछ नहीं। नरेन्द्र कह रहा है कि गाड़ी में, बस में, लोगों को हैरान करने के लिए वो इसी तरह बातें शुरू कर देता है।''

''आरती भी सीख जाएगी इस तरह?''

''जी हाँ, क्यों नहीं! इसे कल से स्कूल भेज दीजिए।''

''जी, अच्छा। मैं ख़ुद छोड़ने आया करूँगी और ले जाया करूँगी। अकेले तो उसे बहुत तकलीफ़ पड़ेगी।''

''एक बात और कहूँ आपसे? इन बच्चों को ज़्यादा सहारा भी नहीं देना चाहिए। इन पर तरस कभी न खाएँ। इन्हें बिलकुल ये महसूस न होने दीजिए कि उनमें कुछ कमी है, इसलिए दूसरों से अलग बर्ताव किया जा रहा है; बल्कि जितना आम लोगों में घुलेंगे, मिलेंगे, उतना ही अच्छा है। इनको तो नॉर्मल बच्चों से ज़्यादा आज़ादी देनी चाहिए।''

''लेकिन यहाँ स्कूल आएगी तो कैसे बताएगी बस वाले को, कहाँ जाना है?''

''दुर्गा जी, यक़ीन मानिए, तकलीफ़ जितना हम समझते हैं उतनी इन बच्चों को महसूस नहीं होती।

आप एक बार इसे कोशिश करने दीजिए, फिर देखिए, आपकी मुश्किलें भी कैसे हल करने लगेगी!"

बातें सुनते हुए माँ ने आरती की तरफ़ देखा जो बैठी 'ग्लोब' को घुमा रही थी, और फिर टीचर ने कहा :

"वैसे तो एक आसान तरीक़ा है, जो अक्सर हम लोग इस्तेमाल करते हैं। वो है ये कार्ड। कुछ ऐसे काम, जो रोज़मर्रा के हों, उसके कार्ड्स बना दिये जाते हैं। लेकिन हमने देखा है, शुरू-शुरू में बच्चे ये तरीक़ा इस्तेमाल करते हैं, लेकिन बाद में ऊब-कर अपने-आप छोड़ देते हैं। हम तो शुरू ही इस आशीर्वाद से करते हैं कि बच्चो, तुम बड़े ख़ुशनसीब हो जो बुरा सुनने से बच गए, बुरा बोलने से मुक्ति मिल गई।"

माँ ने चुपचाप आरती की तरफ़ देखा।

[9]

आरती अपने कमरे में दौड़कर गई, बुक ली। फिर माँ के पास आई जो किचन में आटा गूँध रही थी। माँ को काम करते देखकर किताब फेंक दी। माँ ने पूछा :

"क्यों री, स्कूल के लिए तैयार हो गई?"
"मैं स्कूल नहीं जाऊँगी।"
"क्यों? क्या हुआ...?"
"आप खाना बना रही हैं, और मैं स्कूल जाऊँगी? मैं नहीं जाऊँगी।"

"तू चिन्ता मत कर पगली, मैं सब निपटा लूँगी। ये काम ही कितना है! तू जा। स्कूल का टाइम हो गया। तेरी ज़िन्दगी बन जाए, मेरे सिर से बोझ उतर जाएगा। तू जा...!"

माँ ने आरती को किताब दी। आरती अपनी माँ के गले से लिपट गई और फिर ख़ामोशी से स्कूल के लिए चल दी। माँ एक लम्बी साँस लेकर फिर काम करने लगी।

[10]

आरती अपनी क्लास में टीचर के सामने खड़ी थी और टीचर ने होंठों पर हाथ रखकर इशारे से कहा :

"फ...फ...फ..."

आरती ने दोहराया :

"फ...फ...फ..."

टीचर ने सामने खड़े लड़के को ब्लैकबोर्ड पर 'फ' लिखने को कहा :

"गुड्डू, 'फ' लिखो। अब नाक पकड़ो और बोलो'म'।"

आरती ने नाक पकड़कर कहा :

"म..."

टीचर ने फिर ब्लैकबोर्ड पर 'म' लिखने को कहा :

“ ‘म’ लिखो!”

आरती को इशारे से कहा :

“ ये ‘ब’ है। ‘ब’ में नाक नहीं पकड़ते।”

आरती ने नाक छोड़कर बोली :

“ ब...”
“ये ‘प’ है।”
“प...”
“ये ‘म’...”

[11]

स्कूल के बाहर हरी साइकिल पर बैठा आरती का इन्तज़ार कर रहा था। आरती निकली तो उसने भी हरी को देखा और उसके पास गई। हरी ने इशारा किया :

“नमस्ते!”

आरती ने भी जवाब दिया :

“नमस्ते!”
“स्कूल कैसा लगा?”
“अच्छा लगा।”
“वो चश्मे वाली औरत कौन है?”
“वो चश्मे वाली? वो मेरी टीचर है।”

दोनों सड़क की तरफ़ चल दिये। कुछ दूर जाने के बाद आरती ने हरी को उसकी साइकिल में लगा ‘हॉर्न’-नुमा भोंपू दिखाते हुए पूछा :

''ये क्या है?''

''ये बजाने से कान में सुनाई देता है।''

''मैं समझी नहीं?''

''ये बजाने से जो आवाज़ आती है, उसे सुनकर आदमी सामने से हट जाते हैं।''

''मैं समझी नहीं?''

''क्या है कि...एक मिनट।''

हरी ने साइकिल में से भोंपू निकाल लिया। सामने बैठा एक आदमी चाय पी रहा था, उसके कान के पास जाकर भोंपू बजा दिया। आदमी उछला और देखकर डाँटा :

''अश, क्या मज़ाक़ है...?''

हरी मुड़कर आरती के पास गया।

''देखा? अच्छा लगा न?''

फिर से हरी ने उसके कान के पास जाकर ताली बजाई। वह आदमी फिर से चौंक गया। हरी ने आरती को फिर इशारों में कहा :

''अभी देखना, सीटी बजाकर आता हूँ।''

हरी उस आदमी के पास गया और कान के पास ज़ोर से सीटी बजाई। इस बार सीटी सुनकर उस आदमी की चाय गिर पड़ी।

''हट, पागल, पीछे ही पड़ गया!''

हरी और आरती हँसते हुए आगे बढ़ गए।

[12]

माँ रसोई में आटा गूँध रही थी। आरती की आवाज़ सुनकर उसके पास आई, और उसके सिर पर हाथ फेरा...आरती ने होंठों पर हाथ रखकर आवाज़ निकाली :

"म, फ, प..."

"हूँ, सुन सकती हूँ बेटी। तीन-चार साल की थी जब आख़िरी बार तेरे मुँह से माँ सुना था, मुए बुख़ार ने तेरी ज़बान और कान क्या छीन लिये, मेरी दुनिया ही सूनी कर दी।"

यह कहकर माँ फिर रसोई की तरफ़ जाने लगी तो आरती ने नाक को पकड़कर 'म' की आवाज़ निकाली और माँ मुड़ी तो पूछा :

"तुमने सुना?"

"हाँ, सुन सकती हूँ।"

"फ..."

आरती जो पढ़कर आई थी, वही सब माँ को सुनाने लगी और ख़ुश थी कि जो ख़ुद उसे नहीं सुनाई दे रहा था, उसकी माँ सुन रही थी।

[13]

क्लास में टीचर गूँगे-बहरे बच्चों को पढ़ा रही थी उँगलियों के इशारे से :

"A, B, I, O, U अब तक आप लोग पढ़ सकते थे, लिख सकते थे, अब इशारों में बोल सकते हो। अब मैं कुछ लिखूँगी, आप लोग बताओगे।"

ब्लैकबोर्ड पर एक हाथ का ख़ाका बना था, और उसकी उँगली पर एक हर्फ़ लिखा था। ए, बी, ई, आई, ओ और अंग्रेज़ी के बाक़ी तमाम हर्फ़ टीचर पढ़ा रही थी।

''माइकल, ये क्या है?''

माइकल ने इशारे से 'एम' बताया।

''राइट। सिट डाउन। रज़िया, अब तुम बताओ, क्या है ये...?''

रज़िया ने उँगली की भाषा में 'डी' बनाया।

''राइट। अब तुम लोग एक-एक नाम मुझे बताओगे, मैं बोर्ड पर लिखूँगी। अच्छा, आरती, एक नाम बताओ।''

आरती ने इशारे से अपना नाम बताया...।

''तुम्हारा नहीं, किसी दूसरे का...''

आरती ने इशारे से हरी का नाम बताया।

''गुड, हरी। हाँ... हाँ!''

[14]

हरी और आरती दोनों समन्दर के किनारे टहलते हुए किसी बात पर हँस रहे थे। सूरज ग़ुरूब हो रहा था। कुछ रुककर हरी ने आरती की तरफ़ देखा, फिर कुछ झिझकते हुए अपनी जेब से एक कार्ड निकाला, और

आरती को दिया, जिसमें लिखा था : 'मैं रोज़ तुम्हें स्कूल से लेने आता हूँ। तुम्हें बुरा तो नहीं लगता?'
आरती ने इशारा किया :

"नहीं!"
"तुम्हारी माँ नाराज़ तो नहीं होगी?"
"नहीं, नहीं..."

दोनों साथ-साथ चल रहे थे। आरती ने अपनी कॉपी खोलकर हरी का दिया हुआ कार्ड रखा। वहाँ पहले से एक और कार्ड रखा हुआ था। शरमाते हुए कार्ड निकाला। हरी ने कार्ड को देखा और पूछा :

"ये मेरे लिए है?"
"हाँ...हाँ...!"

हरी ने कार्ड पढ़ा, जिसमें लिखा था : 'तुम मुझे रोज़ स्कूल से लेने आते हो, मुझे अच्छा लगता है।' आरती शरमाकर भागने लगी। उसके हाथ से कॉपी रेत पर गिर गई। हरी ने उसे कॉपी उठाकर दी। अचानक आरती को कुछ दूर एक अन्धा शख़्स बैठा नज़र आया जिसे उसने एक बार सड़क पार कराई थी। उसने हरी से कहा :

"इनकी दोनों आँखें नहीं हैं, मिलोगे?"
"हाँ...!"

आरती और हरी नाबीना के पास जा बैठे और आरती ने बैठते हुए उनका हाथ पकड़ा, जैसे वह कुछ कहना चाहती हो।

उनका नाम नारायण था। वह पहचानकर बोले :

"बेटी, तुम्हीं ने तो रास्ता पार करवाया था मुझे। मैं तुम्हारा नाम पूछता ही रह गया।"

आरती हरी से अपनी गूँगी ज़बान में बोली :

"मैंने तुमको बताया था न!"

नाबीना हैरान रह गए। हरी ने भी उनके हाथ को छुआ। नारायण बोले :

"अच्छा, अच्छा... नमस्ते-नमस्ते!"

हरी ने नारायण का हाथ पकड़कर मुँह और कान की तरफ़ ले जाकर बताया :

"हम बोल और सुन नहीं सकते।"

बड़ी मुश्किल थी। न ये लोग बोल सकते थे और न नारायण इन्हें देख सकते थे।

"हे भगवान! ये कैसे दो हमज़बान मिला दिये तूने...? अब मैं तुमसे कैसे बात करूँ, तुम दोनों न तो बोल सकते हो, न ही सुन सकते हो और मैं तुम्हारे इशारे देख नहीं सकता!"

आरती ने नारायण के होंठ हिलते देखकर हरी से पूछा :

"ये क्या कह रहे हैं?"
"कुछ कह रहे हैं।"
"ठीक है बेटा। जब बिना आँखों के, बिना बोली के इतनी पहचान करा दी है भगवान ने, तो आगे भी निभा ही देगा। जब दिल पहचानते हों तो इन्हें बोलने, सुनने की ज़रूरत नहीं पड़ती। प्यार अन्धा

होता है, ये तो सुना था। लेकिन गूँगा-बहरा होता, तब भी प्यार ही होता है।''

यह कहकर नारायण हँसने लगे और आरती ने हरी को डूबते सूरज को दिखाया, और कहने लगी :

''देखो, सूरज ढल रहा है।''
''हूँ...''
''इन्हें नहीं मालूम पड़ा।''
''कैसे मालूम पड़ेगा, ये तो अन्धे हैं!''

उसी वक़्त नारायण बोले :

''बेटे! सूरज डूब रहा है न? मैं रोशनी आँखों से देख नहीं सकता, लेकिन सूँघ सकता हूँ।''

हरी और आरती हैरत से देख रहे थे।

[15]

हरी अपने घर में बैठा वह काग़ज़ बार-बार देख रहा था जो आरती ने दिया था। उसने वह काग़ज़ मेज़ पर रखी तस्वीर में लगा दिया।

[16]

आरती अपने घर में बैठी खाने की थाली के नीचे रखे काग़ज़ को बार-बार निकालकर देख रही थी जो हरी ने दिया था। उसी वक़्त

माँ आई, और उसने वह काग़ज़ छुपा दिया। माँ ने पूछा :

"क्यों, क्या हुआ? खा क्यों नहीं रही? सोच क्या रही है?"

आरती ने काग़ज़ छुपाने की कोशिश की, पर माँ ने देख लिया।

"वो क्या है? ला, दिखा... ला न, क्या है?"

माँ ने वह काग़ज़ ले लिया, और पढ़ा :

"मैं रोज़ तुम्हें स्कूल से लेने आता हूँ, तुम्हें बुरा तो नहीं लगता?...कौन है?"
"वो हरी!"

[17]

आरती स्कूल से बाहर निकली, और हरी को इधर-उधर देखने लगी। मुड़कर देखा तो वह उसके पीछे ही खड़ा था। दोनों वहाँ से चल पड़े। चलते-चलते वे एक पार्क में पहुँच गए। हरी सामने बैठे एक आदमी और औरत को देखने लगा।

"क्या है? वहाँ क्या देख रहे हो?"
"कुछ नहीं!"
"मैं बात नहीं करती।"
"सॉरी!"

पास ही के टेलीफ़ोन बूथ पर एक आदमी बात कर रहा था। आरती खड़ी होकर देखने लगी। वह चिल्ला रहा था :

"अच्छा, कल अगर शाम को पैसा नहीं पहुँचा तो मैं तुम्हारे घर पर आऊँगा।"

आदमी को टेलीफ़ोन पर चिल्लाते देखकर आरती ने हरी को इशारा किया टेलीफ़ोन बूथ की तरफ़।

"क्या हुआ?"

"ये आदमी पर क्यों चिल्ला रहा था...?"

आदमी चला गया तो हरी आरती को बूथ की तरफ़ ले गया।

"यहाँ आओ, दिखाता हूँ, ये क्या चीज़ है।"

हरी फ़ोन मिलाने लगा जो बग़ैर पैसे डाले किसी सेठ के यहाँ लग गया।

"हैलो, हैलो!"

हरी ने कुछ कहने की कोशिश की।

"मुझे भी दो..."

आरती ने भी सुनने की कोशिश।

"कुछ सुनाई नहीं दे रहा?"

"एक मिनट..."

उधर से कोई बोल रहा था :

"कौन है? बोलो तो सही!"

हरी ने फ़ोन रख दिया। फिर कहा :

"लो, तुम नम्बर मिलाओ।"

आरती ने नम्बर डायल किया और रिसीवर हरी की तरफ़ किया :

"लो, तुम ही बात करो।"

हरी ने रिसीवर कान से लगाया।

"कुछ सुनाई नहीं दे रहा है।"

दूसरे सेठ ने जवाब न मिलने पर बड़बड़ाया :

"अरे मैं मखीजानी बात करता हूँ, तुम्हें सुनाई नहीं देता? अरे ज़ोर से बोल नइ! अरे डफ़्फ़र कहीं का!"

हरी ने रिसीवर रखकर फिर उठाया और तीसरी बार नम्बर मिलाया, जो ग़लती से फ़िल्मी हीरो दिलीप कुमार के घर लग गया। दिलीप कुमार ने पूछा :

"हैलो, कौन है भाई...?"

आरती ने इशारा किया :

"मुझे भी दो।"

हरी ने रुकने का इशारा किया :

"एक मिनट!"

जवाब न मिलने पर दिलीप कुमार ने कहा :

"ज़रा ज़ोर से बोलिए, कुछ सुनाई नहीं दे रहा।"

हरी ने कुछ बोलने की कोशिश की, तभी आरती ने हरी से रिसीवर छीन लिया।

"आँय! हैलो, साहब, ज़रा ज़ोर से बोलिए, कुछ सुनाई नहीं दे रहा।"

हरी ने आरती को इशारा किया :

"आओ...आओ..."

"आप तो मुझसे भी मद्धिम में बोलते हैं साहब। कुछ सुनाई नहीं दे रहा।"

दिलीप कुमार ने भी फ़ोन रख दिया।

[18]

पार्क में दोनों झरने के नीचे बैठे हँसी-मज़ाक़ कर रहे थे। नीचे गिरे फूल को उठाने की कोशिश में दोनों के सिर आपस में टकरा गए। आरती ने हरी से फूल माँग लिया।

"बैठो... अपना हाथ दो।"

आरती ने अपना दायाँ हाथ आगे किया तो हरी ने बायाँ हाथ देने का इशारा किया। आरती ने अपना बायाँ हाथ आगे किया तो हरी ने जेब से निकालकर उँगली में अँगूठी पहनाने की कोशिश की। आरती ने अपना हाथ खींच लिया।

"नहीं..."
"क्यों...?"
"नहीं..."
"मैं तुमसे शादी करना चाहता हूँ।"
"मेरी माँ शादी के लिए राज़ी नहीं होगी क्योंकि हम दोनों बोल-सुन नहीं सकते।"
"तुम मुझसे प्यार करती हो?"
"प्यार तो करती हूँ, मगर माँ राज़ी नहीं होगी।"

दोनों साइकिल स्टैंड की तरफ़ चल पड़े। हरी बिना टोकन वापस किए साइकिल लेकर

चल पड़ा। साइकिल स्टैंड वाले ने हरी को आवाज़ लगाई :

"ऐ, मिस्टर! साइकिल वाले?"

हरी के न सुनने पर वह दौड़कर आया और ज़ोर से धक्का मारा। हरी ज़मीन पर गिर पड़ा और पलटकर इशारे में पूछा :

"मुझे धक्का क्यों मारा?"
"इतनी देर से आवाज़ दे रहा हूँ, सुनाई नहीं देता? बहरा है क्या?"

टोकन दिखाते हुए कहा :

"ये क्यों ले के जा रहा था?"

हरी ने इशारे में कहा :

"याद नहीं रहा।"

आरती ने भी झिड़क दिया अपने गूँगे अन्दाज़ में।

"हाँ, हाँ... दोनों गूँगे-बहरे मिल गए साले।"

पास खड़े दो आदमी ये सब तमाशा देख रहे थे। यह सुनकर हँसने लगे। हरी को ग़ुस्सा आ गया :

"क्या है? इस तरह हँस क्यों रहे हो? इसलिए क्योंकि मैं गूँगा-बहरा हूँ? तुम दोनों को भगवान ने कान और ज़बान दी है और मुझे नहीं, इसलिए हँस रहे हो?"

दोनों आदमी खिसियाने से होकर चले गए। हरी कुछ खोजने लगा...आरती ने पूछा :

“क्या हुआ?”
“अँगूठी खो गई।”

आरती की नज़र नीचे पड़ी अँगूठी पर गई। उसने अँगूठी हरी को दी और इशारे से पहनाने को कहा।

[19]

शादी का मंडप। उसमें बैठे आरती और हरी की शादी हो रही थी। सामने बैठे कानू के दोस्त ने नारायण की तरफ़ इशारा करते हुए पूछा :

“अबे कानू, ये देवदास कौन है?”
“देवदास...?”
“वो...अन्धों को क्या कहते हैं?”
“सूरदास! ये दोस्त हैं दूल्हा मियाँ के। पुलिस में काम करता था, किसी एक्सीडेंट में आँखें चली गईं।”
“अब क्या करता है?”
“अब भी वहीं पुलिस में है। वो अपाहिजों के सेक्शन में काम करता है।”

मंडप में शादी चल रही थी। आरती की माँ के पास बैठी बूढ़ी औरत ने पूछा :

“दुर्गा बहन, ये जो पास में बैठी है, वो कौन है?”
“मास्टराइन हैं आरती की।”
“अच्छा...!”

"इसको बहुत प्यार करती हैं। ये सोने के झुमके और हार जो पहने हैं, आरती को इन्होंने ही दिये हैं।"

माँ की बात सुनते ही कानू की नज़र आरती के गहनों पर पड़ी, और कानू उसके हार और झुमके को ललचाकर देखने लगा।

[20]

सुहागरात थी। आरती और हरी अपने बिस्तर पर बैठे एक दूसरे को देख रहे थे। हरी ने अपनी जेब से आरती को काग़ज़ निकालकर दिया। उसमें लिखा था : 'मैं तुमसे यार करता हूँ।' आरती ने भी शरमाते हुए हरी को एक काग़ज़ दिया, जिसमें लिखा था : 'पहली बार, जो मैंने इनकार किया था, उसके लिए मुझे माफ़ कर देना। मैं ख़ुशक़िस्मत हूँ, मुझे आप जैसा पति मिला।' फिर हरी ने दूसरा काग़ज़ आरती को दिया जिसे पढ़कर आरती ने कहा :

"नहीं..."

"क्यों...?"

"मेरी माँ कहती है कि तुम बच्चा पैदा मत करना।"

"क्यों...?"

"क्योंकि हमारा जो बच्चा होगा, वो भी गूँगा-बहरा होगा।"

"हट..." हरी ने डाँटा।

''हाँ-हाँ...''
''तुम्हारी माँ ग़लत कहती है। हमारा तो बच्चा होगा, वो बोल-सुन सकेगा।''

आरती मुस्कुरा दी। हरी ने आरती को क़रीब किया और कहने लगा :

''मैं सुन सकता हूँ।''
''क्या?''
''मैं दिल की धड़कन सुन सकता हूँ।''

आरती शरमाकर बोली :

''मैं भी सुन सकती हूँ।''

[21]

कानू पारो के घर में पलंग पर लेटा शराब पी रहा था। उसी पलंग पर पारो भी लेटी शराब पी रही थी। पारो ने कहा :

''देख बे कानू के बच्चे, कुछ दवा लाकर दे। अगर कुछ गड़बड़ हो गई, तो दोनों मारे जाएँगे। ये लफ़ड़ा न तू पाल सकता है और न मैं पाल सकती हूँ।''
''कहा न, ला दूँगा। दो-चार दिन और सब्र कर।''
''और कितने दिन सब्र करूँ? अगर कुछ हो गया तो छोड़ आऊँगी तेरी माँ के पास।''
''हाँ-हाँ, घबराओ नहीं पारोजान, सब ठीक हो जाएगा। ये अपनी दो-चार पिक्चरें पिट गईं न, उसकी वजह से गड़बड़ हो गई। अगले हफ़्ता 'आसमान' आ रही है, अगर हिट हो गई न, तो वारे-न्यारे कर दूँगा।''

"और वो मेरा हार...?"
"वो भी ला दूँगा।"
"दस महीने हो गए कहते हुए। बहन की शादी पर कहा था।"

[22]

कानू घर के बाहर सो रहा था। जब हरी अपनी साइकिल पर आया और घर के अन्दर चला गया तो साइकिल खड़ी होने की आवाज़ से कानू की नींद खुल गई। कानू उस तरफ़ देखने लगा। उसकी नज़र साइकिल पर पड़ी। कानू साइकिल के पास जाकर छूकर ग़ौर से देखने लगा। अन्दर से हरी माँ का हाथ पकड़कर उसे बाहर लाया।

"अरे कानू, सुना तूने, आरती को बेटा हुआ है?"
"अच्छा, मुबारक... मुबारक हो!"
"अब तू मामा हो गया है। एक काम कर, ये ले पैसे और लड्डू लेके आ। मैं चली इनके साथ।"
"बस, दो रुपए?"
"बस, इतने ही हैं मेरे पास। अब जा, इसके बदले..."

हरी ने पूछा :

"चलें?"
"हाँ-हाँ, चलती हूँ। तू आगे जा, मैं बस पर आ जाऊँगी।"

हरी ने ज़िद की :

"नहीं-नहीं, तुम मेरी साइकिल पर बैठ जाओ।"
"नहीं-नहीं, मैं उस पर नहीं बैठ सकती। ना बाबा रे... अरे क्या कर रहा है तू? ख़ुद भी गिरेगा, मुझे भी गिराएगा!"

हरी ने ज़िद करके माँ को साइकिल पर बिठा लिया।

[23]

हरी माँ को साइकिल पर बिठाकर अस्पताल में लाया। वे दोनों आरती के वार्ड में पहुँचे। आरती की बग़ल में बच्चा सो रहा था। माँ ने पूछा :

"अरे आरती, कैसी हो बेटी? ठीक-ठाक हो? भगवान की बहुत-बहुत दया है। अरे, ये हैं हमारे नाती जी! कितना सुन्दर है मेरा नवासा! बहुत ही प्यारा है। इसके कान तुम्हारे जैसे हैं।"

हरी ने पूछा :

"ये सुन सकता है?"

आरती ने 'हाँ' में सिर हिलाकर कहा :

"हाँ...हाँ..."

"हँसने लगा अभी से!"

माँ बोलते-बोलते हरी की तरफ़ मुड़ी तो उसे परेशान देखकर पूछा :

"क्या हुआ...?"
"ये बोल-सुन सकता है?"

"हाय राम, मैं तो बताना भूल गई! सुन सकता है, बोल सकता है, आवाज़ कर रहा है।"

[24]

एक खिलौने की दुकान से हरी ने अपने बच्चे के लिए खिलौना ख़रीदा।

आरती बच्चे के साथ घर पर खेल रही थी। उसी वक़्त हरी बच्चे के लिए खिलौने लेकर आया और आरती से कहा :

"रसोई घर में कुछ जल रहा है, जाओ, देखो।"

आरती बच्चा हरी को देकर रसोई में गई। हरी ने अपने बच्चे के कान के पास झुनझुना बजाया, लेकिन बच्चे ने न झुनझुने की आवाज़ सुनी और न हरी की तरफ़ देखा, जैसे उसे कुछ सुनाई नहीं दिया! हरी रसोई की तरफ़ लपका।

"मेरे साथ चलो।"

"क्या है?"

"सुन नहीं रहा है। अरे वहाँ चलो!"

दोनों पलंग के पास गए जहाँ बच्चा रो रहा था। दोनों ने झुनझुना बजाया, मगर बच्चे ने उनकी तरफ़ नहीं देखा।

"मैं आता हूँ।"

"कहाँ से...?"

"डॉक्टर को लेकर आता हूँ।"

[25]

हरी ने अस्पताल में जाकर डॉक्टर से कहा :

"मेरे साथ चलो।"
"क्या बात है? क्या हुआ?"
"अरे मेरे साथ चलो न!"
"बात क्या है?"
"मेरा छोटा बेटा सुन नहीं पा रहा।"

डॉक्टर ने इशारे समझने की कोशिश की :

"बच्चा बीमार है? बुख़ार हुआ है? कान में ख़राबी है? चलो..."

[26]

हरी डॉक्टर को लेकर घर पर पहुँचा।

"कहाँ है बच्चा? ज़रा यहाँ लाओ।"

हरी ने आरती से कहा :

"इसे यहाँ लिटा दो।"

आरती बच्चे को लाकर डॉक्टर साहब के सामने लिटा दिया।

"ये सुन नहीं सकता।"
"ये सुन नहीं सकता?"

कहते हुए डॉक्टर साहब ने बच्चे के कान के पास चुटकी बजाई। बच्चा हँसने लगा।

"ये तो सुन सकता है।"

"नहीं, नहीं! नहीं सुन सकता।"

आरती ने ज़ोर से गर्दन हिलाकर कहा। हरी ने उसे झुनझुना लाने को कहा :

"झुनझुना कहाँ है?"

हरी ने बच्चे के पास झुनझुना बजाकर दिखाया :

"ये देखो।"

डॉक्टर ने हरी के हाथ से झुनझुना लेकर उसे खोलकर दिखाया :

"लाओ, हमें दो। देखो, इसमें कुछ नहीं है। झुनझुने के अन्दर दाने नहीं थे जिससे वो बजता है।"

हरी ने डॉक्टर के हाथ से झुनझुना लेकर उसमें कुछ सुपारी के दाने डाले और बच्चे के कान के पास बजाया। बच्चे ने .फ़ौरन मुड़ को देखा। आरती ने कहा :

"हैं...सुन सकता है!"

हरी ने भी दोहराया :

"ये सुन सकता है!"

हरी की तो बाछें खिल गईं। आरती ने उसे इशारे में कहा :

"डॉक्टर साहब को बक्से में से पैसे निकालकर दो।"

"पैसे नहीं चाहिए बेटी!"

हरी ने कहा :

"ये पैसे रख लीजिए।"

"तुमसे फ़ीस नहीं चाहिए हरी, नहीं।"
"आप चाय पिएँगे?"
"चाय फिर कभी।"

डॉक्टर वहाँ से चले गए। और आरती ने हरी से कहा :

"उसे बुलाएँ?"
"कैसे...?"
"सीटी बजाकर?"
"हाँ, एक मिनट।"
"नहीं, पहले मैं..."

आरती ने बच्चे के कान के पास मुँह में उँगली डालकर सीटी बजाई। बच्चा चौंक गया।

"अब तुम।"

बच्चा हर सीटी की आवाज़ पर चौंक जाता था। दोनों बारी-बारी सीटी बजाने लगे, और उनकी सीटियों की गूँज सुनकर दरवाज़े के पास लोग जमा हो गए। उन्हें देखकर हरी ने अपना दरवाज़ा बन्द कर लिया।

[27]

आरती की माँ घर में बैठी बक्से में अपना सामान रख रही थी कि सामने से उसकी एक सहेली आई और पूछा :

"दुर्गा!"
"आओ बहन..."

“सुना है, तुम यहाँ से जा रही हो?”

“हाँ, गाँव वापस जा रही हूँ, अब वहीं रहूँगी।”

“क्यों...?”

“अब यहाँ रह के क्या करूँ बहन? बेटी तो भगवान की दया से अपने घर में बस गई। एक ज़िम्मेदारी पूरी हुई। और बेटे से रत्ती भर उम्मीद नहीं कि वो सहारा देगा। इससे तो अच्छा है, गाँव चली जाऊँ। अपना घर है, दो वक़्त रोटी तो जुड़ ही जाएगी वहाँ...”

“तो कानू कहाँ है?”

“भगवान जाने! अब तो महीनों उसकी सूरत नज़र नहीं आती।”

[28]

रात का वक़्त था। बाहर तेज़ बारिश हो रही थी। कानू ने घर में लगी खिड़की का शीशा तोड़कर चटख़नी खोली और हरी के घर में घुस आया। बच्चा पलंग पर रो रहा था। उसके बग़ल में हरी और आरती सोए हुए थे। कानू ने बच्चे को खींचकर नीचे फ़र्श पर उतार दिया, और फिर गहने का डिब्बा खोजने लगा तो उसे ऊपर रखे बक्से में मिला। कानू गहने समेट कर बाहर जा ही रहा था कि उसकी नज़र साइकिल पर पड़ी और उसने उसे भी उठा लिया और दरवाज़ा वैसे ही खुला छोड़कर निकल गया। बच्चा झुनझुना देखकर उस तरफ़ रेंगने लगा

जो चौखट के पास था। तेज़ हवा की वजह से झुनझुना चौखट के बाहर गिर गया। बच्चा चौखट फाँदकर झुनझुना लेने गया। तेज़ बारिश, हवा और बिजली चमक रही थी। बच्चा बारिश में भीगता हुआ गली में आ गया, और गली के बाहर जमा पानी में ग़ोते खाने लगा।

[29]

हरी और आरती अपने घर में बैठे बच्चे का मातम कर रहे थे। धीरे-धीरे वक़्त फिर गुज़रने लगा।

हरी दुकानदार के पास बैठा था, जहाँ से पेपर लेकर वह बेचता था। उसने दुकानदार का ध्यान खींचा :

''सुनो...''

''कह दिया बाबा, परेशान मत करो। साइकिल लेकर आओ तब मैं तुम्हें अख़बार दूँगा। ऐसे अख़बार न दूँगा।''

''मैं पैदल चलकर अख़बार बाँटूँगा।''

''कहा न, पैदल बाँटने के लिए अख़बार अब नहीं दूँगा। कल तुमने हमको आधे अख़बार वापस किए, परसों भी तुमने आधे वापस कर दिये थे। मुझे धन्धा नहीं बन्द करना है। जाओ। कह दिया, नहीं दूँगा।''

''साहब, दया करो।''

''अरे बाबा, मैं तुम्हारे पैर पड़ता हूँ, जाओ न...''

[30]

हरी घर में खाना खा रहा था। आरती भी पानी का गिलास लाकर उसके बग़ल में बैठ गई।

"तुम भी खाओ न!"
"नहीं..."

आरती की नज़र पलंग पर पड़े झुनझुने पर पड़ी, और उसे अपने बच्चे की याद आ गई। हरी ने खाना छोड़ दिया। दोनों की आँखों में आँसू भर आए। हरी ने कहा :

"मेरा बच्चा धीरे-धीरे बड़ा होता, टाई लगाकर स्कूल जाता, ये क्या हो गया? सब ऊपर वाले के हाथ है। सब्र रखो।"

[31]

कानू सड़क के नुक्कड़ पर जुआ खिलवा रहा था। उसका दोस्त हीरा भी पास खड़ा था। ये लोग राह चलते को फाँसते थे। जुआ खिलाकर उनको ठगते थे। कानू आवाज़ लगा रहा था :

"एक का पाँच, दो का दस...एक का पाँच, दो का दस...एक का पाँच, दो का दस...ये बेगम...बेगम प्यारे लगाओ...लगाओ...एक का पाँच, दो का दस... ये लगा दे...लगा दे, प्यारे...लगा दे।"

वहाँ खड़े दो लोगों ने पैसे लगाए।

"ये लगाया।"

"ये प्यारे, देख। देख...देख, ये बेगम...एक का पाँच, दो का दस...एक का पाँच, दो का दस...एक का पाँच, दो का दस...अब के लगा दे प्यारे...ये लगा दे बेगम...एक का पाँच, दो का दस..."

हीरा ने कानू को टहोका दिया, लेकिन कानू आवाज़ लगाता रहा :

"एक का पाँच, ये प्यारे ग़ुलाम..."
"भाग...पुलिस...भाग कानू..."

पुलिसवालों ने सभी को दौड़ाया। वे आगे-आगे भाग रहे थे, पुलिसवाले पीछे-पीछे।

"कानू, पुलिस के हाथ मत आना।"

कानू पुलिसवालों को दुत्कार रहा था :

"अबे! जा बे साले!"

दोनों बचते-बचाते पुल तक आए। सामने से आती पुलिस को देखकर कानू ने पुल के ऊपर से छलाँग लगा दी और उसके दोस्त को पुलिस ने पकड़ लिया। हीरा चिल्लाया :

"कानू... कानू..."

[32]

हरी का अख़बार बेचने का काम ख़त्म हो चुका था। दो वक़्त की रोटी के लिए कुछ तो करना था। उसने जूता पालिश करने का काम शुरू कर लिया।

हरी एक सड़क के किनारे बैठा ग्राहक का इन्तज़ार कर रहा था। एक ग्राहक आया तो उसका जूता पालिश करने लगा।

[33]

कानू घर में बिस्तर पर पड़ा हुआ था। बग़ल में दो बैसाखियाँ भी रखी थीं। पुल से कूदकर उसने एक टाँग तुड़वा ली थी।

[34]

हरी और आरती गली से जा रहे थे। आरती ने अपनी टीचर को देखा जो दुकान पर खड़ी किताब ले रही थी। दोनों ने आगे बढ़कर प्रणाम किया।

''नमस्ते!''
''नमस्ते!''
''आरती-हरी, कैसे हो तुम लोग...?''

आरती ने इशारे से जवाब दिया :

''ठीक हैं। आप यहाँ क्या कर रही हैं...?''
''कुछ किताबें ले रही हूँ।''
''अच्छा, अच्छा।''

टीचर ने हरी के हाथ में जूता पालिश का डिब्बा देखकर कहा :

''हरी! ये क्या हरी...?''

"मैंने अख़बार बेचना बन्द कर दिया। अब जूता पालिश करता हूँ।"

"कोई बात नहीं हरी, नौकरी नहीं मिली तो न सही, मज़दूरी किसी भी क़िस्म की हो, शर्म करने की कोई बात नहीं। घबराना नहीं, मैं स्कूल के बच्चों को तुम्हारी मिसाल देती हूँ।"

कुछ सोचकर टीचर ने फिर पूछा :

"क्यों रे, कोई बाल-बच्चे की ख़ुशख़बरी कब सुनाएगा?"

"दूसरा महीना चालू है।"

"क्या दूसरा महीना...?"

"हाँ..."

"मुबारक हो!"

हरी ने आरती से पूछा :

"ये क्या बोल रही हो? क्या सचमुच दूसरा महीना चालू है?"

"हाँ...!"

"तुमने मुझे बताया क्यों नहीं...?"

"ख़ामोश रहो।"

हरी ने ग़ुस्से से पूछा :

"मुझे क्यों नहीं बताया?"

यह देखकर टीचर भी मुस्कराने लगी और फिर कहा :

"अरे तो क्या हुआ, नहीं बताया तो?"

हरी ने आरती की तरफ़ इशारा किया :

"ये झूठी है।"

टीचर ने समझाया :

"झूठी है? नहीं, ये छुपने वाली बात थोड़ी है।"

टीचर अपना सामान दुकानदार से लेकर जाने लगी।

हरी फिर से आरती की तरफ़ मुड़ा जो उसे देखकर मुस्कुरा रही थी।

"मुझे बताया भी नहीं, दो महीने हो गया, अब क्या हा-हा-हा हँस रही हो? तुमने टीचर को बता दिया। मेरा बच्चा है और मुझे दो महीने बाद मालूम पड़ रहा है!"

आरती मुस्कुरा के आगे बढ़ ली।

"हाँ, तुम बच्चे को ख़ुद ही पाल लेना, मैं जा रहा हूँ।"

"सॉरी... माफ़ कर दो।"

"नहीं!"

"मुझे माफ़ नहीं करना है? जाओ, मुझे भी बात नहीं करनी।"

"मुझसे बात नहीं करनी? पागल हो गई हो?"

दोनों में फिर से मनाई-रूठाई शुरू हो गई।

[35]

हरी और आरती पलंग पर सो रहे थे, और उनका बच्चा बीच में ही लेटा रो रहा था। पास वाले कमरे में नारायण बाबू को जैसे ही

बच्चे के रोने की आवाज़ सुनाई दी, वैसे ही उन्होंने हरी के पाँव में बँधी रस्सी को खींचा। इससे हरी उठ गया। हरी ने आरती को भी जगा लिया। इशारे से बताया :

''बच्चा रो रहा है।''

[36]

घर में बैठे हरी और आरती बच्चे का नाम सोच रहे थे। पास ही बच्चे को लेकर नारायण बाबू बैठे थे। उन्होंने कहा :

''आज तेरा नाम रखा जाएगा बेटा। क्यों भाई, नाम लिख लिये तुम दोनों ने?''

आरती और हरी अलग-अलग पर्ची पर नाम लिख रहे थे बच्चे के लिए।

''देख लेना बेटे, तेरा वही नाम निकलेगा जो तेरी माँ लिखेगी।''

हरी ने इशारे से कहा :

''मैंने लिख लिया।''

आरती ने जवाब दिया :

''मैंने भी!''

''सब पर्चियाँ नीचे रखो।''

''नहीं!''

''मेरी पाँच पर्ची और तुम्हारी नौ पर्ची, झूठी।''

आरती उसके हाथ से पर्चियाँ छीनने लगी।

''मेरी सात पर्ची।''

"नारायण बाबू से पर्ची उठवाओ।"

सब पर्चियाँ फैलाकर आरती नारायण बाबू का हाथ पर्चियों के पास लाई और जल्दी से वह पर्ची छीन ली जो उन्होंने उठाई थी। हरी लपका।

"दिखाओ!"

"मैंने जो नाम सोचा था, वही नाम चुना गया।"

नारायण बाबू ने पूछा :

"अरे क्या नाम निकला, मुझे भी तो बताओ!"

हरी कह रहा था :

"तुमने दो पर्ची ज़्यादा डाली थीं।"

"हमारे बाबा का नाम मुझे नहीं बताओगे? अरे आरती, आरती, अरे हरी, हरी, मुझे भी!"

हरी ने आरती को सब्र के लिए कहा।

"एक मिनट।"

बच्चे का नाम नारायण बाबू के हाथ पर लिखकर बताया। नारायण बाबू बोले :

"अजीत...?"

हरी ने यूँ ही सिर हिला दिया :

"हाँ... हाँ..."

"अच्छा नाम है, बहुत अच्छा नाम है।"

हरी अपने बच्चे के साथ खेल रहा था। वह बरतन पर डंडा बजाकर आवाज़ें निकाल रहा था, जिस पर बच्चा मुड़कर देखता था। नारायण बाबू घर में दाख़िल हुए और कहा :

"हरी, हरी, अरे ये क्या कर रहा है तू? ओए, रख उसे। बाबा कहाँ है?"

नारायण बाबू ने हरी के हाथ से बर्तन लेकर रख दिया और बच्चे को गोद में लेकर लोरी सुनाने लगे :

"सो जा बाबा रे... आ
नन्हे बाबा रे... आ।"

नारायण बाबू को गाते हुए देखकर आरती ने पूछा :

"ये क्या कर रहे हैं?"
"लोरी सुना रहे हैं :
सो जा बाबा रे... आ
नन्हे बाबा रे... आ
होंठ सूने हैं बेचारी माँ के,
उसकी आँखों में बातें भरी हैं,
मेरी आँखों से ले ले तू निन्दिया
मेरी आँखों में रातें भरी हैं
सपने ले जा रे, ले जा रे
सो जा बाबा रे... आ
नन्हे बाबा रे... आ।"

लोरी ख़त्म हो गई। बच्चा सो गया। हरी की नज़र नारायण बाबू के मुँह पर टिकी हुई थी। अब होंठ चल नहीं रहे थे। यह देखकर उसने आरती से कहा :

"लोरी ख़त्म हो गई?"

आरती ने भी नारायण बाबू के मुँह की तरफ़ देखा।

"हाँ, ख़त्म हो गई।"

[37]

हरी अपनी दुकान पर बैठा था। तभी एक फ़ौजी गाड़ी से एक मेजर निकला, और हरी के पास जूता पालिश कराने आया। जूता पालिश होने के बाद फ़ौजी ने उसे दो रुपए दिये। हरी ने इशारे से कहा :

''छुट्टा नहीं है।''
''रख लो!''
''एक मिनट रुकिए।''

हरी छुट्टा लेने के लिए बग़ल में गया। तब तक मेजर साहब अपनी फ़ौजी गाड़ी में बैठकर निकल गए, और हरी उनकी गाड़ी को देखता रह गया।

[38]

हरी फ़ौज के जवानों के जूते पालिश कर रहा था, क्योंकि मेजर साहब ने उसे जवानों के जूते पालिश करने के लिए कंटूमेंट में रख लिया था।

''साहब, आइए, जूता पालिश करवा लीजिए।''

एक ऑफ़िसर दूसरे से कह रहा था :

''जब से हरी यहाँ आया है, जवानों ने अपने बूट पालिश करने छोड़ दिये हैं।''
''छोड़े नहीं हैं। ख़ुद भी करते हैं और हरी से भी कराते हैं ताकि ये यहाँ पर टिका रहे।''

हरी ने पूछा :

“सर, आप भी?”

“नो-नो, थैंक यू! हरी, इट्स ऑल राइट।”

[39]

शाम को हरी अपने काम से घर लौटा, और दरवाज़ा खटखटया तो उसके बच्चे ने दरवाज़ा खोल दिया। उसका बेटा अब बड़ा हो गया था। समझदार हो गया था।

“पापा आ गए हैं।”

“ये बड़ा होकर फ़ौजी बनेगा।”

आरती जो पास बैठी थी, उसने कहा :

“नहीं-नहीं, हवाई जहाज़ चलाएगा।”

“हवाई जहाज़ कभी भी गिर सकता है।”

“नहीं-नहीं...”

तभी हरी अपने हाथों की नब्ज़ पकड़कर उसे कुछ समझाने की कोशिश करने लगा :

“ये बड़ा होकर डॉक्टर बनेगा।”

“नहीं-नहीं, ये हवाई जहाज़ चलाएगा।”

आरती ने एक चिट्ठी हरी को दी।

“ये चिट्ठी मेरे लिए?”

हरी को चिट्ठी से मालूम हुआ कि उसकी नौकरी प्रेस में लग गई। उसकी अरज़ी का जवाब आया था। आरती और हरी बहुत ख़ुश हुए।

हरी प्रेस में काम करने लगा। प्रेस में छुट्टी की घंटी बजी तो एक आदमी आया, और उसने हरी से कहा :

"घंटी बज गई।"

घंटी हरी को सुनाई नहीं पड़ती थी, इसलिए वह आदमी उसे बताने आया था।

"छुट्टी हो गई?"

"हाँ, छुट्टी हो गई।"

हरी समझ गया। हरी मशीन बन्द करके चल दिया। फिर मैनेजर के दरवाज़े के बाहर आकर उनके कमरे का दरवाज़ा खटखटाने लगा।

"कम इन! कम इन! कौन है, अन्दर आओ!"

बार-बार 'कम इन' बोलने के बावजूद बाहर वाला आदमी अन्दर नहीं आया तो उन्होंने घंटी बजाकर चपरासी को अन्दर बुलाया।

"यस सर!"

"कौन बद्तमीज़ है? क्यों दरवाज़ा खटखटाता जा रहा है? अन्दर बुलाओ उसे।"

चपरासी ने हरी को अन्दर बुलाया। हरी ने इशारे से प्रणाम किया।

"नमस्ते!"

"क्या बात है? क्यों दरवाज़ा पीटे जा रहे हो?"

चपरासी ने मैनेजर को बताया :

''सर, ये बहरा है, सुन-बोल नहीं सकता।''
''यहाँ क्या करता है?''
''ये प्रिंटिंग मशीन पर काम करता है।''

मैनेजर ने हरी से इशारे में पूछा :

''क्या काम है?''

हरी ने जेब में से एक काग़ज़ निकालकर मैनेजर को दिया। उसमें लिखा था :

'सर, आपकी बहुत मेहरबानी होगी अगर दूसरी शिफ़्ट में मुझे ओवरटाइम करने की इजाज़त दे दें। मेरा लड़का स्कूल जाने लगा है और इतनी तनख़्वाह में मैं उसे अच्छी तरह पढ़ा-लिखा नहीं सकता। मेरा बेटा आप सबकी तरह सुन भी सकता है, बोल भी सकता है।'

मैनेजर ने पढ़कर हरी की तरफ़ देखा तो हरी ने इशारा करके बताया :

''हाँ, मेरा बेटा बोल सकता है।''

मैनेजर ने इशारे से समझा दिया :

''हरी चरन, मैं तुम्हारे लिए जो कुछ भी कर सकूँगा, ज़रूर करूँगा, तुम तसल्ली रखो।''
''धन्यवाद।''

हरी चला गया तो मैनेजर ने फिर घंटी बजाकर चपरासी को बुलाया।

''यस सर!''
''सुनो, ये आदमी यहाँ कब से काम कर रहा है?''

"यही कुछ चार-पाँच साल हो गए होंगे सर।"

"हूँ..."

"सर, इसकी बीवी भी गूँगी और बहरी है।"

"क्या...?" मैनेजर ने हैरत से कहा।

[41]

अमित अपने स्कूल के प्रोग्राम में गाना गा रहा था, जहाँ उसके माँ-बाप और नारायण अंकल प्रोग्राम देख रहे थे :

'ता, र, रम्म, रा रम्प, पम्प
ता, र, रम्म, रा रम्प, पम्प
तर, रम, पम
हम से है वतन हमारा और वतन से हम।'

बेटे को स्टेज पर देखकर दोनों बेहद ख़ुश थे।

[42]

मैनेजर केबिन में बैठकर काम कर रहे थे कि उनका दरवाज़ा किसी ने खटखटया।

"कम इन! आओ, अन्दर आ जाओ।"

हरी अन्दर आकर मैनेजर को इशारे से प्रणाम किया।

"नमस्ते!"

"बैठो!"

''नहीं, नहीं, मैं खड़ा ही ठीक हूँ।''
''हरी चरन, तुम्हारी बहुत बड़ी तरक़्क़ी हो गई है। मुबारक हो! तुम अपने सेक्शन के हेड बना दिये गए हो।''

मैनेजर इशारों से समझा रहे थे। हरी समझ नहीं पाया जो मैनेजर ने कहा उससे।

''मुझे समझ में नहीं आया?''
''हाँ-हाँ, तुम अपने सेक्शन के हेड बना दिये गए हो। लो, तुम ये लो।''

मैनेजर ने उसका नया अप्वाइंटमेंट लेटर बढ़ाया। हरी ने लेकर पढ़ा फिर ख़ुशी में कहा :

''बहुत-बहुत शुक्रिया!''
''मुबारक हो!''

[43]

हरी अपने घर में बैठा अपने बेटे का जीता हुआ इनाम देख रहा था। आरती वहाँ नाश्ता लेकर आई।

''पापा, पापा, फ़र्स्ट प्राइज़ मिला।''
''ये देखो, ये अमित ने जीता है।''

आरती ने अमित को बुलाया :

''इधर आओ।''
''मैं नहीं खाता।''

"ये दूध पी लो।"
"मैं गाना सुनूँगा।"

अमित रेडियो लगाने लगा। आरती ने हरी से पूछा :

"ये क्या कर रहा है?"
"रेडियो सुन रहा है।"

हरी ने आरती को ट्रांज़िस्टर के स्पीकर पर हाथ रखने के लिए कहा।

"कुछ महसूस हुआ?"
"हाँ, महसूस हुआ।"
"यही तो सुन रहा है।"

अमित गाना सुनकर नाचने लगा, और उसे नाचता देख आरती और हरी ताली बजाने लगे। उसके पैरों को देख-देखकर ताल देने लगे।

[44]

हरी अपने दरवाज़े पर 'नेम प्लेट' लगा रहा था। आरती ने उसे चाय पीने के लिए अन्दर बुलाया।

"चलो, चाय पी लो।"
"हाँ, चलो अन्दर, ज़रा 'नेम प्लेट' लगा रहा था।"

दोनों कमरे में बैठे थे। आरती चाय बनाने लगी और हरी पेपर पढ़ने लगा। हरी पेपर रखकर आरती से कहने लगा :

"थोड़े से समय के बाद तुम भी बूढ़ी हो जाओगी। थोड़े समय बाद तुम्हारे बाल भी सफ़ेद हो जाएँगे।"

"हाँ!"

"चाय दो।"

तभी आरती ने मेज़ पर रखी दवाई उठाकर हरी को दी।

"रुको!"

"नहीं, ये गले में बहुत लगती है।"

"जब सोओगे तो खाँसी आएगी वरना..."

"दो नहीं, सिर्फ़ एक खाऊँगा।"

"ये लो।"

आरती ने पेपर उठाकर हरी को दिखाया।

"क्या हुआ?"

"मुझे बोलने-सुनने की अब कोई ज़रूरत नहीं पड़ती।"

"तुम और मैं बोल-सुन नहीं सकते, लेकिन हम सब एक दूसरे की बात समझते हैं।"

"तुम मेरी पत्नी बोलने-सुनने से थोड़ी ही बनी हो।"

दोनों ने हँस के एक दूसरे का हाथ पकड़ लिया।

[45]

वक़्त गुज़रता चला गया। अब आरती नहीं रही। हरी कुर्सी पर बैठा अपनी स्वर्गवासी पत्नी

की तस्वीर को देख रहा था, और आरती के हाथ की लिखी चिट्ठियाँ पढ़ रहा था। नौकर चाय लेकर आया। हरी ने उससे पूछा :

''अमित कहाँ है?''

''अमित साहब नाश्ता करके कॉलेज चले गए।''

नौकर वहाँ से चला गया, और हरी ने दफ़्तर की फ़ाइल उठाकर आरती की तस्वीर के पास गया और तस्वीर से कहा :

''मैं जा रहा हूँ... दफ़्तर!''

[46]

हरी दफ़्तर में बैठा काम कर रहा था, तभी उसके केबिन में चपरासी आया और कहा :

''साहब आज की 'डिस्पैच' रिपोर्ट मँगा रहे हैं।''

''हाँ-हाँ, मैं ख़ुद ही लाता हूँ।''

हरी मैनेजर के केबिन में रिपोर्ट लाया। मैनेजर ने उससे इशारे में पूछा :

''तुम्हारा बेटा अमित कैसा है?''

''आगे पढ़ाई करना चाहता है।''

''वो और पढ़ना चाहता है? एम.ए. करना चाहता है?''

''हाँ-हाँ!''

''गुड!''

मैनेजर की पत्नी दरवाज़े पर खड़ी थी। उसने कहा :

"मैं आई कम इन?"
"आओ! हद हो गई! तुम्हें भी पूछने की ज़रूरत है?"
"क्यों, दफ़्तर के बॉस तो आप हैं!"
"जी हाँ, घर की बॉस तो आप ही हैं। देखिए, आप के आते ही मैं खड़ा हो गया।"

मैनेजर ने हरी को इशारे से बताया :

"हरी, आप हैं मेरी धर्मपत्नी।"
"नमस्ते!"
"आप हैं हरी चंदर माथुर... बैठो।"
"मैं फ़ाइल को यहीं रहने दूँ?"
"हाँ, फ़ाइल को यहीं रहने दें।"
"नमस्ते!"

हरी केबिन से बाहर चला गया। मैनेजर की पत्नी ने पूछा :

"आपने कोई बात की इनसे?"
"नहीं, बार-बार सोचता हूँ, बात करूँ लेकिन क्या है, जिस पोज़िशन पर मैं हूँ, वो कहीं उसको मजबूरी न समझ ले।"
"घर पर क्यों नहीं बुला लेते किसी दिन चाय पर? या कहिए तो हम चलते हैं!"
"नहीं-नहीं, उस बेचारे के लिए बड़ा एम्ब्रेसिंग हो जाएगा।"
"तो कल इनवाइट कर लीजिए न। संडे भी है।"
"गुड आइडिया।"

मैनेजर ने काग़ज़ पर हरी के लिए कुछ लिखा, और पत्नी से कहा :

“सुना है, वैकुंठ की शादी तय हो गई है?”
“जी हाँ! लड़की भी बहुत अच्छी है।”
“मैंने सुना है, ख़ूबसूरत भी बहुत है। मगर ख़ुद तो पौने चार फ़ीट ही है।”

मैनेजर पन्ना फाड़कर अपने केबिन से हरी के केबिन में गए और, काग़ज़ देते हुए बोले :

“हरी चरन! अगर कल शाम को कुछ नहीं कर रहे हो तो तुम मेरे घर पर आ जाओ।”
“मैं? आपके यहाँ? ठीक है।”
“हाँ! कोई ऐसी बात नहीं है। बस, तुम आओगे तो मेरा दिल ख़ुश हो जाएगा।”
“ठीक है, आऊँगा।”
“हूँ, ठीक है, छह बजे...!”
“छह बजे!”

[47]

घर पर अमित अपने दोस्त के साथ पढ़ रहा था। उसके दोस्त ने कहा :

“अमित, यू नो, वन इंटरेस्टिंग फ़ैक्ट्स अबाउट मिल्टन?”
“हूँ...”
“जब उनकी शादी हुई तो उन्होंने ‘पैराडाइज़ लोस्ट’ लिखी, और जब उनकी बीवी मर गई, तो उन्होंने ‘पैराडाइज़ री गेन’ लिखी।”

"अबे, नहीं बे, जब अन्धे हुए तब 'पैराडाइज़ लोस्ट' लिखी थी।"

"पर यार, एक बात है, उनकी शायरी उस वक़्त की है, जो कि उन्होंने अन्धेपन में लिखी।"

"हाँ, अन्धेपन में ज़्यादा नज़र आता है न। यू नो, इंसान के सिक्स सेंस कुछ ज़्यादा ही काम करते हैं!"

"अच्छा, तुम्हें कैसे मालूम?"

"नारायण अंकल! बताया नहीं था, बचपन में वे अक्सर मुझे लोरी सुनाया करते थे? यू नो, लम्बे अरसे तक नारायण अंकल मुझे अजीत कहते रहे हालाँकि पापा ने उनके बाज़ू पर अमित लिखा था, लेकिन वो अजीत समझते रहे। पापा बहुत इज़्ज़त करते हैं उनकी।"

"अच्छा, अमित, एक बात बताओ, तुम अपने पापा की बातचीत इतने डीटेल में कैसे समझ जाते हो?"

"बचपन से देखते-देखते अब तो उनकी आँखें पढ़ सकता हूँ। जब वो हाथों से बात करते हैं तो उनके हाथ सुनाई देते हैं मुझे।"

कुछ रुककर कहा :

"मेरी परवरिश तीन आदमियों ने की जिनमें से दो माँ-बाप, गूंगे-बहरे, जो न सुन सकते थे, न बोल सकते थे और तीसरे नारायण अंकल! जो नारायण अंकल बोलते थे, वो ये सुन नहीं पाते थे और ये जो इशारों में कहते थे, वो नारायण अंकल नहीं देख पाते थे। बट दे आर फ्रेंड्ज़ विद। हमारे बोलने-सुनने की शक्ति ने दोस्तों से ज़्यादा दुश्मन पैदा किए हैं, जिसको हम कहते हैं कि हमारे

ख़यालात नहीं मिलते, हमारे इज़्म्स (isms) नहीं मिलते।''

तभी हरी सिगरेट पीते हुए कमरे में आया। अमित और उसका दोस्त खड़े हो गए। हरी ने उसे एक काग़ज़ दिया।

''अईं, पापा, गुप्ता सर ने चाय पर बुलाया है? बहुत अच्छी बात है।''
''तुम और मैं दोनों चलेंगे।''
''नहीं पापा, आपको बुलाया है, आप जाइए।''
''मैं बोल-सुन नहीं सकता। वो लोग बोर हो जाएँगे।''

अमित ने दोस्त को समझाया :

''पापा बोल रहे हैं, मैं बोल-सुन नहीं सकता। वो लोग बोर हो जाएँगे। अच्छा, पापा, मैं चलूँगा आपके साथ।''
''छह बजे जाना है।''

हरी कमरे से बाहर गया, और अमित ने अपने दोस्त से कहा :

''गुप्ता साहब लक्ष्मी प्रेस के मैनेजर हैं। चाय पर बुलाया है पापा को। पापा बहुत फ़ख़्र महसूस कर रहे हैं कि इतने बड़े आदमी ने उनको चाय पर बुलाया है।''
''हैट्स ऑफ़ टू योर फ़ादर रीयली अ ग्रेट मैन! वरना इस हैंडीकेप के साथ स्ट्रगल करना लाइफ़ में...''
''ऑफ़कोर्स! एक मामूली बूट पॉलिश करने वाले से लेकर यहाँ तक पहुँचना...हम कोशिश करें, तब

भी नहीं पहुँच सकते। सिर्फ़ माँजी की कमी बहुत महसूस होती है। पापा उनके जाने के बाद से अकेले रह गए। इसलिए जितना भी वक़्त हो सके, उनके साथ ही रहता हूँ।"

[48]

कानू बैसाखी के सहारे चल-चल के गाड़ी साफ़ कर रहा था, तभी हरी और अमित एक टैक्सी में आकर बैठ गए। टैक्सीवाला कानू का दोस्त था। उसने कानू से कहा :

"चल, तू भी चल...!"

कानू ने हरी को देखकर आँख चुरा ली।

"नहीं!"
"अरे चल न!"
"तू जा!" कानू कतरा गया।

टैक्सी वहाँ से चली गई। कानू एक तरफ़ जाकर सिसकने लगा। उसे महसूस हुआ, उस जैसा पापी इस दुनिया में कोई नहीं होगा।

[49]

हरी और अमित मैनेजर के घर पर पहुँचे और मैनेजर ने उनका स्वागत किया।

"नमस्ते हरी चरन।"
"ये मेरा बेटा है।"

''हाँ, अच्छा किया, बहुत अच्छा किया। हाउ आर यू अमित...?''
''जी, फ़ाइन, थैंक यू!''

मैनेजर ने अपनी पत्नी से कहा :

''आइए-आइए, मिसेज़ गुप्ता!''
''एक्सक्यूज़ मी! मैं अभी आई।''
''अच्छा, ज़रा जल्दी आना, बैठिए न!''

अमित, हरी और मैनेजर सोफ़े पर बैठ गए। मैनेजर ने कहा :

''आई एम सॉरी अमित! आई शुड हैव टोल्ड योर फ़ादर टू ब्रिंग यू अलोंग।''
''सी, इसमें फ़ारमेलिटी की बात थोड़े ही है।''

मैनेजर की पत्नी और बेटी भी आ गईं, और मैनेजर ने उनका तारूफ़ कराया :

''अमित, मेरी बेटी। पदमा, आओ, बैठो। बैठो भाई, तुम भी बैठो, नहीं तो फिर मुझे खड़ा होना पड़ेगा।''
''अमित, और कहाँ तक पढ़ने का इरादा है?''
''जी, एम.ए. कर लूँ तो ज़रा...''
''सब्जेक्ट कौन-सा लिया है?''
''लिट्रेचर...''
''लिट्रेचर? बड़ा मुश्किल चुना है।''
''जी, सब्जेक्ट तो मुश्किल नहीं है, लेकिन सब्जेक्ट की वजह से नौकरी मिलना मुश्किल हो जाती है।''

मैनेजर ने कुछ सोचकर अमित से कहा :

''अमित, एक तरह से तुमने अच्छा ही किया जो अपने पिताजी के साथ यहाँ चले आए। हालाँकि

मैंने सोचा था कि पहले बात उनसे कर लूँ। अमित... अमित, हम चाहते हैं कि आप लोग हमारी बेटी को अपनी बहू बना लो।''

''जी...''

''हाँ...!''

अमित का परेशान चेहरा देखकर हरी ने पूछा :

''ये क्या कह रहे हैं?''

''हरी चरन, हम चाहते हैं कि तुम हमारी बेटी को अपने घर की बहू बना लो।''

हरी घबरा गया और उसने कहा :

''हम छोटे लोग, आप बड़े लोग हैं, हममें और आपमें बहुत फ़ासला है। आप क्या बात कर रहे हैं? अमित, तू ही समझा न इन्हें!''

''पापा ठीक कह रहे हैं अंकल। हमारा और आपका बहुत फ़र्क़ है स्टेटस में, और हम इस क़ाबिल भी नहीं कि...''

''देखो, देखो अमित, सवाल स्टेटस का नहीं है। मेरे पास पैसा है, मेरे पास दौलत है, मुझे इस लड़की के लिए बड़े-से-बड़े घर का वर मिल सकता है। मगर मैं एक ऐसे लड़के की तलाश में था जिसमें सब्र हो, जो इस लड़की को समझ सके, और तुम्हारे घर के हालात देखते हुए मैंने सोचा, तुमसे बेहतर लड़का मुझे कहाँ मिल सकता है! अमित, कोई मजबूरी नहीं है। अगर तुम्हें मंज़ूर न हो तो साफ़ कह देना, आख़िर तुम्हारी भी अपनी ज़िन्दगी का सवाल है। वो वजह ये है कि मेरी बेटी गूँगी है! बहरी है वो!''

यह सुनकर अमित ने चौंककर पदमा को देखा। मैनेजर हरी को इशारे से बताया :

“वो बोल-सुन नहीं सकती।”

यह सुनने के बाद सब ख़ामोश हो गए और हरी पदमा को बहुत ग़ौर से देखने लगा। उसे देखते-देखते आरती की याद आ गई, और वह पुरानी बातें सोचने लगा कि वे कैसे मिले थे, आरती शादी के लिए कैसे राज़ी हुई थी। जब उन्हें मालूम पड़ा था कि उनका बच्चा गूँगा-बहरा नहीं था, वे अपने बच्चे को बड़ा होकर क्या बनाएँगे...यही सब सोचकर हरी की आँख में आँसू आ गए और वह उठकर पदमा के पास चला गया। पदमा का सिर सहलाते हुए मैनेजर से कहा :

“मुझे इन दोनों का रिश्ता मंज़ूर है।”
“पापा, मैं ये शादी नहीं करूँगा।”

अमित अचानक खड़ा हो गया। हरी को इशारे में समझाया कि वो उससे शादी नहीं करेगा, और घर के बाहर चला गया। यह सुनते ही हरी को बहुत गहरा धक्का लगा। हरी की आँखें बहने लगीं।

“मैंने उसे छोटे से पाला और उसने एक ही बार में सब ख़त्म कर दिया।”
“सब्र, सब्र। आओ, बैठो। यही तो मैं नहीं चाहता था, इसलिए तो मैं कहते हुए डरता था, हरी...”

हरी की हिचकियाँ बँध गईं।

“मैंने उसे छोटे से पाला और उसने एक ही बार में सब ख़त्म कर दिया। उसने मेरे दिल को

दुखाया। मैंने ख़्वाहमख़्वाह पसीना बहाकर उसे बड़ा किया।''

हरी मैनेजर के कन्धे पर सिर रखकर रोने लग गया।

[50]

अमित अपने कमरे में लेटा था। जब हरी घर में आया, सीधा अमित के कमरे में गया, और कहा :

''अपना सामान बाँधो और घर से निकल जाओ।''

''ये क्या कह रहे हैं पापा आप?''

हरी ने उसे एक तमाचा लगाया और किताब उठाकर कहने लगा :

''तुम्हारी सब पढ़ाई बेकार है। ये जो तुमने पढ़ाई की है, सब बेकार है...''

हरी अमित का हाथ पकड़कर खींचता हुआ आरती की तस्वीर के पास ले गया, और अमित से कहा :

''तेरी माँ बोल-सुन नहीं सकती थी और मैं भी बोल-सुन नहीं सकता था, तब भी हम दोनों कैसे साथ रहे? हम दोनों बोल-सुन नहीं सकते थे, तब भी तुझे पाल-पोसकर बड़ा किया। ऐसे ही हम दोनों ने पढ़ना सीखा। और तूने ये पढ़ना सीखा है, तेरे पास दिमाग़ है, दिल नहीं है।''

उसी वक़्त नारायण अंकल दाख़िल हुए। उन्हें हरी की ग़र्राहट सुनाई दी।

“क्या हुआ? कौन लड़ रहा है, इस घर में?”

हरी ने अमित को धक्का दिया :

“हट जा मेरे सामने से!”

बग़ैर आँखों के नारायण ने ये सब सुनकर पूछा :

“अजीत...अजीत, तुझ पर नाराज़ हो रहा है हरी क्या? क्या किया तूने? बोल, क्या किया तूने?”

हरी आरती की तस्वीर से सिर टिकाकर रोने लगा और नारायण ने अमित से कहा :

“शर्म नहीं आई तुझे? तूने उसे दुख पहुँचाया... अपने...अपने ऐसे बाप को, जिसने तुझे...!”

अमित भी रोने लगा और उसने नारायण अंकल से कहा :

“अंकल, मुझे माफ़ कर दो–अंकल...”

अमित हरी के पास गया जो कि तस्वीर के सामने रो रहा था। अमित ने हरी को चुप कराया, और वादा किया, वह शादी के लिए तैयार है।

[51]

अमित पदमा को इशारे से समझा रहा था :

“पदमा, पहली बार शादी से इनकार कर दिया था, उसके लिए मुझे माफ़ कर देना।”

पदमा ने अमित को समझाया :

"मैंने आपको माफ़ कर दिया। हम दोनों अब साथ-साथ रहेंगे।"

एक नया जीवन शुरू हुआ। एक अच्छे परिवार का। और संसार को बेहतर बनाने की कोशिश जारी रही।

ख़त्म शुद

कोशिश

चीफ़ असिस्टेंट : मेराज
आर्ट डायरेक्टर : अजीत बैनर्जी
साउंड : ई.एम. सूरत वाला
निर्माता, कहानी, और
डायरेक्टर : रोमो एन. सिप्पी, राज एन. सिप्पी
संगीत : मदन मोहन
कैमरा : के. वैकुंठ
गीत, स्क्रीनप्ले : गुलज़ार
सितारे : संजीव कुमार, जया भादुड़ी, ओम शिवपुरी, असरानी, दीना पाठक, नितिन सेठ, आत्म प्रकाश